「私と冒険（デート）しませんか？」

あれがやってみたい、
これがなんなのか知りたい。
それはまさに冒険の記録だった。

箱入りお嬢様と庶民な俺のやりたい100のこと

その1. 恋人になりたい

hakoiriojousama to syominnaore no yaritai 100nokoto

「このまま別れるのは厭だ」

すると純奈が弾かれたように振り返った。
泣きそうな目をして、
しかしきらきらとひかりを放っている。

真田勇輝
さなだ ゆうき

人より行動力のある
自転車屋の息子。
家出した純奈の冒険心に共感し
手を貸したことをきっかけに、
彼女に惚れてしまう。

山吹千影　やまぶきちかげ
純奈のお世話が生きがいのメイド。
純奈と勇輝の関係を見張るお目付け役ではあるが、
楽しそうにする純奈の姿にお目こぼしすることもしばしば。
「私も……そう思っていました！」
天光院純奈
てんこういん　じゅんな
日本随一の財閥のお嬢様。
囚われた生活が嫌で抜け出した
ところを勇輝と出会い、
彼と一緒に行動することで
自由を知ることになる。

「私がこんなことしたから、
驚きましたか？」
見上げると、純奈が
いたずらっぽく微笑んでいる。

箱入りお嬢様と庶民な俺のやりたい100のこと

その1.恋人になりたい

太陽ひかる

HJ文庫
1086

口絵・本文イラスト　雪丸ぬん

hakoiriojousama to syominnaore
no yaritai 100nokoto

contents

プロローグ

六月の風が吹くその日、すっかり濃い緑色をした樹冠の下にベンチがあって、そこに一組の男女が座っていた。

少年は真田勇輝、髪を短めに整えたハンサムな少年である。

少女は天光院純奈、背に余るほど長い黒髪の、月が輝くような美少女だ。

二人は午前の陽射しが降り注ぐ公園を眺めながら、とりとめのない話をしていた。それぞれ別の学校に通っているから、学校のことを話すだけでも楽しい。

「昨日、体育の授業があったんだけど、休憩中に友達がふざけて寄りかかってきて、俺の膝を枕にしたんだ。鬱陶しかったから、立ち上がったら綺麗に転がって、面白かったよ」

実にどうでもいい話だったが、それを聞いている純奈はにこにこしている。

「膝枕ですか……私も小さいころ、お母様にしてもらったことがあります。最近はもうないですが、懐かしいですね」

ふうん、と勇輝が相槌を打ったとき、純奈が背筋を伸ばして自分の膝を手で示した。

「勇輝君、やってみますか、膝枕」

「えっ？」

「私、してあげますよ？」

「いや、男同士の膝枕はふざけてやっただけで済むけど、男女の膝枕は別の意味が発生するからよくないよ。俺たちは友達、だろ？　少なくとも、君が通ってる貴煌帝学院に俺が合格するまでは、友達のままでいると君のお父さんと約束した。だから……」

それまでは恋人同士がするようなことを、すべきではない。

勇輝がそのように話を持っていこうとすると、純奈が残念そうな顔をした。

それを見て、勇輝はすべてを反転させた。

「と、思ったけど、友情を試すという意味ならやってもいいかな。俺が心を動かされなければいいだけのことだからね」

するとたちまち純奈の顔に晴れ間が差して、勇輝は自分の判断が間違っていなかったのだと確信したが、いざ純奈に膝枕をされる段階になると少し怯んだ。

――これは本当にいいのか？

「ではどうぞ」

勇輝の戸惑いなど知る由もなく、純奈は自分の膝を示した。幸か不幸か露出はない。純奈はいつもロングスカートかパンツ姿で、脚を出すような服装はしなかった。最近は気温の高い日もあるが、今日もロングスカートを穿いている。さすがはお嬢様だ。

こうなっては、勇輝も覚悟を決めるしかない。

——よし、俺は鉄。俺は石。雑念と煩悩を振り払い、横になるだけ。

勇輝はそう心に念仏を唱えると、意を決してベンチで純奈に膝枕をしてもらった。途端にふわりとした香気に包まれ、鉄とも石とも誓った心が柔らかく溶けていくのを感じた。

——うおお、なんだこれは。柔らかい。いい匂いがして、ドキドキする。

そして絶対に変な顔をしているだろう。勇輝はそう思い、どうにか唇を引き結んだが、そのときこちらを見下ろす純奈が幸せそうな顔をしているのに気がついた。

「き、君は、俺に膝枕をして楽しいのかい？」

「楽しいですね。これは新鮮な眺めです。知っていたら、あらかじめ冒険ノートに『勇輝君に膝枕をしてあげたい』と書いて、あなたに見せていました。この冒険の記録は、今夜にでも書き留めておきます」

勇輝は息を呑んだ。腹の底から愛しさがこみあげてきて、どうかしてしまいそうだ。

「……そんなこと云われたら、危ない」

「なにが危ないんですか？」

「それは……」

約束を違えて、友人としての道を外れそうになってしまう。だが。

「なにを、やってるんですか？」

冷たいような、呆れたような少女の声がする。それに反応した勇輝が膝枕の上で頭を返すと、ショートヘアの美しいメイドが、狼の目をしてこちらを睨んでいた。

メイドの登場を受けて、純奈がにこにこと云う。

「あら、千影。早かったですね」

「……助かった」

千影が帰ってきてくれたおかげで、誘惑に負けずに済んだ。勇輝はほっとしながら体を起こそうとしたが、いつの間にか純奈の手に胸を押さえ込まれていて動けない。

「純奈さん……？」

勇輝は言外に手をどけてくれるよう求めたが、純奈の視線は今のところ千影に注がれている。自然にやっているのだろうか。だとしたら彼女の手に触れてでもどかすべきだろうか。勇輝が逡巡していると、千影が云った。

「ともあれ、お飲み物をお持ちしました」

黒いエコバッグには、どうやら近くのお店で購めてきた飲み物が入っている。

「ごめんなさいね、お使いなんかさせて」

「いえ、それはいいんですよ。私はお嬢様のメイドですから。しかし……」

千影はそこで言葉を切ると、勇輝を苦々しげに見た。

「それはダメでしょう。膝枕なんて、傍から見たら恋人にしか見えませんよ。誰かに目撃されて誤解されたらどうするんです。私に旦那様への報告をさせるおつもりですか?」

「でも勇輝君が、お友達に膝枕をしてあげたと……」

「男同士で戯れにスキンシップをするのはよくても、男女でそれをやったら問題があるということを、お嬢様はともかくあなたはわかっていますよね?」

千影の矛先がこちらに向いたのを悟って、勇輝は口元を引き締めて云った。

「云い訳すると、俺は心を鉄にして臨んだ」

「本当に?」

「本当だ」

純奈の膝枕に頭をつけた瞬間、鉄の心はチョコレートのように溶けてしまったのだが、別に嘘はついていない。

――というか、そろそろ体を起こしたいんだが。

勇輝のその思いが通じたのか、純奈が勇輝の胸に置いていた手をどけて、いいアイディアを思いついたときのあの様子で手を合わせた。

「ではこうしましょう。千影、いらっしゃい」

「へっ？」

「千影にもしてあげます。そうすれば、もしこの瞬間に誰かが私たちを見ていたとしても、友人同士の戯れとしか思わないでしょう。いえ、実際、私が勇輝君に膝枕したのも友人としての行為ですが」

　すると千影はたちまち目を丸くし、息を呑みながら後ずさった。

「従者が主君に膝枕など、してもらうわけにはまいりません！」

「でもあなたが膝枕に応じてくれないと、私と勇輝君の行為がなにか特別なもののようになってしまいますよ？」

「そ、それは……」

　期待を込めた純奈のきらめく双眸を前に、千影は目顔で勇輝に助けを求めてきた。

「いいじゃないか、やってもらいなよ」

　勇輝はそう云って体を起こすとベンチから立ち上がり、空いたスペースを手振りで千影に勧めた。が、千影はその場に足を縫い止められたかのように動かない。

　そこで勇輝は千影のすぐ傍まで行くと、率直に云った。

「頼むよ、交代してくれ。でないと俺も困ってしまう」

そう拝み倒して、千影はやっと手にしていた黒いエコバッグを勇輝に渡してきた。

飲み物が入っているのでずっしりと重いそれをしかと受け取った勇輝は、千影がおずおずと純奈に向かっていくのを尻目に、鞄のなかに手を入れた。

「先に飲むよ」

そんな勇輝の声を、二人とも聞いていない。千影が遠慮がちに純奈の隣に座り、しかしそのまま動こうとしないので、純奈が千影を自分の膝の上に倒そうとしている。

それをなんとはなしに眺めながら、勇輝はふとした追憶に囚われた。

純奈と出会った日のこと。

彼女が途方もないお嬢様であること、公立中学に通う自分よりはるかにレベルの高い私立校に通っていること、そこに合格しなければスタートラインにも立てないこと。

そしてそれまでは友達としての節度を守った交際しか許さないと、純奈の父親にはっきり云われたこと。

目を閉じると、純奈を初めて見たときの光景とともに、あの日、彼女が奏でたピアノの旋律が、『亡き王女のためのパヴァーヌ』が心のなかにあふれかえる。

すべては、あのコンサートに行ったときから始まったのだ。

第一話　箱入りお嬢様は箱から出たい

四月も半ばを過ぎたある日のことだった。

東京の下町に真田自転車という店がある。まさに町の自転車屋さんといった佇まいの小さな店で、自転車のほか原動機付自転車なども取り扱っていた。だからバイク屋と云う人もいるが、自動二輪車の取り扱いはない。

午後七時になると店はもう閉まっているが、カーテンの下りたガラス戸の向こうには売り物の自転車が並べられており、また自転車の修理や手入れをする作業場がある。

売り場の突き当たりは座敷になっていた。履物を脱いで畳に上がると、そこがこの家の居間である。卓袱台やらテレビ台やらが置かれていて、昭和のまま時が止まっているような風情があった。

幼いころの勇輝はここで畳に寝転んだり、上がり框に腰かけて脚をぶらぶらさせたりしながら、その自転車売り場を眺めていることが多かった。

そんな勇輝も今では中学三年生になっている。

勇輝はその日、家族二人の食卓を囲んで静かに箸を進めていた。食事中の私語は極力控え、テレビなども点けないというのがこの家のルールだ。勇輝は黙々と食べていた。箸の使い方は美しい。これもきちんと躾けられたのだ。

「ごちそうさまでした」

食事を終えた勇輝がそう合掌し、卓の上に置いてあった携帯デバイスに手を伸ばそうとしたときだった。

「ちょっと待ちな」

勇輝は手を止め、目をぱちくりさせた。

「お母さん、なにか？」

勇輝にお母さんと呼ばれたその女性——千華は、外見だけなら完全にヤンキーだった。首の後ろで結んだ髪は金色に染めており、出かけるときはいつも大きなサングラスをかけている。目つきは狼のように鋭く、服もオフのときはパーカーとデニムがほとんどだった。煙草も吸う。

だが人を寄せ付けないような凄味のある美人で文武両道、学校の勉強でわからないことがあっても千華に訊ねて解決しなかったことはない。英語も中国語も喋れるし、腕っぷしも強く、あらゆる知識が豊富で、食事の作法一つ取ってもうるさかった。

そんな女性が、この真田自転車の店主であり、勇輝にとってはたった一人の家族なのだ。

そして勇輝に一種の英才教育を施した人物でもある。

——今のあんたはしがない自転車屋の息子だけれど、将来はどこへ出しても通用するような立派な男に育ててやる。だから、大人になったらもう全部あんたの好きにしていいから、今はあたしの云うことを聞いてちゃんと勉強しな。

いつだったか、千華は勉強を厭がる勇輝にそう云ったものだ。それで実際、成績優秀に育ったので、今となっては勇輝も感謝している。

勇輝は膝の上に手を戻すと居住まいを正した。それを待って千華が云う。

「今度の連休、予定を空けておきな。ピアノのコンサートに行くよ」

「ピアノって、クラシックのピアノですか？」

「そうだよ。ごらん」

千華はそう云って、自分の携帯デバイスを勇輝に差し出した。そこには数日後のゴールデンウイークに、都内某所で行われるピアノコンサートの情報があった。

「緑川奏、追悼コンサート……懐かしい名前ですね。先生にピアノを習っていたころは、よく彼女のCDを聴いたのを憶えています」

子供に習い事の一つもさせようと云うのは親の性であるのか、勇輝は幼少時にピアノを教わっていた。譲ってもらったアップライトのピアノを二階に置き、自宅に講師を招いていたのだ。そのころ千華によく聴かされたのが、緑川奏の演奏だった。彼女は国際的なコンクールでも入賞した天才だったが、美人薄命のさだめにあったと云う。

「あたしは若いころ、緑川奏のコンサートに行ったことがあるんだよ」

「ファンだったんですか？」

「まあね。で、その彼女の友人や弟子たちが集まって、没後十五年の節目に追悼コンサートをやるそうだよ。どうせ暇だろ？ あんたも一緒に行こうじゃないか」

たしかに暇だが、急な誘いに勇輝が迷っていると、千華が狼の目で睨んできた。

「もうチケットは二枚取っちまったんだよ。それとも厭かい？ まあ、あんたはもうクラシックには興味がないのかもしれないけどさ」

「いや、そんなことないですよ。たしかに最近はクラシックから遠ざかっていましたけど、嫌いになったわけじゃありません」

勇輝は七歳にして将来を嘱望されるほどの腕前だったが、千華が期待したようなピアニストにはならなかった。というのも、音楽はクラシックだけではないと気づいてしまったからだ。だからジャズに浮気したり、コンクールそっちのけで友達とロックバンドを組んでキーボードをやったりしているうちに、正統派のクラシック音楽の道からは落伍してしまったのである。だからといって、クラシックに飽きたわけではない。今だって、自室のピアノで演奏することがある。すべての音楽が好きだ。

勇輝がそう主張すると、千華の目つきがより一層鋭くなった。

「じゃあ、いいんだね？」

「はい。いいですよ、行きましょう」

実際、久しぶりにクラシックのピアノを生で聴くのもいいと思ったのだ。

◇

コンサート当日、勇輝は千華の運転する中古のポンコツの助手席にいた。

会場目指してハンドルを握る千華は、明るいグレーのスカートスーツ姿である。普段は緩い服ばかり着ている千華だけれど、勇輝がまだ熱心にピアノをやっていたとき、演奏会にはこういう固い服を着てきたものだ。これで黒髪なら貴婦人もかくやといったところだが、金髪に染めているあたりが実にヤンキーである。

一方、勇輝もコンサート会場に行くとあって、普段は着ないネイビーのジャケットなどを羽織っていた。その下はカジュアルな装いだが、ジャケット一枚羽織っていればそれなりに様になる。ちなみにジャケットは安物だが、最近のファストファッションの服は出来がいいので、ちょっと見ただけではわかるまい。

勇輝は道中、携帯デバイス片手に、今日のコンサートのことを調べていた。

「小さいころはよくわかってなかったんですけど、緑川奏って、とんでもなくすごい人だったんですね。経歴を見たら、Sコンクールで優勝って書いてある……」

「あんたも真面目にピアノを続けていれば、Sコンに出場するくらいはできたかもしれないよ？」

「ははは、まさか」

勇輝は笑って、コンサートに関する他の情報にも目を通していた。さすがSコン優勝者の追悼コンサートだけあって、奏者は一流のピアニストばかりだ。

「主催は、天光院グループですか……」

「世界でも指折りの超巨大企業さ。このあいだ総帥が宇宙に行ったってニュースになってたの、憶えてるかい？　総資産何百兆。家柄も古いし、日本の企業じゃ珍しくアメリカの企業とつるんでＩＴの波にも乗った。でかすぎてどこの業界とも繋がってるし、慈善活動やスポーツ、芸術の奨励もやってるから、ピアノのコンクールとかの後援も珍しいことじゃないよ。あたしら庶民とは縁のない、まさに雲の上の一族だね……」

運転する千華の眼差しが遠いものになった。望遠鏡で覗くようにして、道の先ではなく遠いどこかを眺めている。

「お母さん、運転に集中してくださいよ？」

「わかってる。誰にものを云ってるんだ」

と、云った傍から隣の車線を走る車とぶつかりそうになって、勇輝は本気で肝を冷やした。そんな勇輝を千華は鼻先でせせら笑う。

「ぶつかってないんだから、いいじゃないか」

千華はそう云って、アクセルを踏んで飛ばし始めた。コンサートの時間が迫っている。

街中の駐車場に車を駐め、勇輝たちはそこから徒歩で会場に向かった。コンサート会場は都心のビルの二階にあった。二階には音楽のためのコンサートホール、三階は芝居のための劇場、四階から六階は美術館となっているような、芸術の総合ビルである。

「このビルも天光院の所有らしいよ」

千華とそんな話をしながらエスカレーターで二階へ上がると、スクリーンに一人の美女が映し出されているのが見えた。在りし日の緑川奏だ。

勇輝はちょっと見とれながらも、チケットを切ってもらってホールに入った。どうせいい席ではないだろうと高を括っていたが、意外にも中央、近すぎず遠すぎずの良席である。音響もきっと良いだろう。

「こんないい席、よく押さえられましたね」

「緑川奏の追悼コンサートってことなら、本気を出さないわけにはいかないのさ。あんたも気合いを入れて聴きなよ？」

「せっかくここまで来たんだから当然です。奏者の顔ぶれも豪華ですし」

クラシックのピアノからは離れていた勇輝だったけれど、いざこうしてコンサートホールの空気を吸ってみたらわくわくしてくるのをどうしようもない。

そして開演のときを迎え、いざ演奏が始まってみると大いに血が沸きたった。入れ替わり立ち替わり演奏するピアニストたちの素晴らしいことといったらない。

勇輝はピアノのしらべに聞きほれて、素敵な一時間を過ごした。

最後の奏者が一礼してステージを去ったあと、入れ替わりに白髪の男性がマイクを手に出てきた。最初に演奏した男だが、マイクの調子でも悪いのか、なにやらもたついている。

それを眺めながら千華が云った。

「あんたもピアノを続けていたら、奏者の立場でステージの上にいたのかねえ」

「そんな馬鹿な。それはないでしょう」

勇輝は冗談と思って笑った。どうやら千華はピアノの音色に酔っぱらっているようだ。

やがてトラブルが解決したのか、白髪の男が、緑川奏についての思い出を一つ二つ語ったあとで、突然こんなことを云った。

「えー、実は今日はセキュリティの関係で事前に告知がありませんでしたが、ビッグなゲストにお越しいただいています。皆さま、拍手でお迎えください。本日のコンサートの主催、天光院グループ総帥、天光院晴臣様です！」

驚きの声と拍手に迎えられ、その男性がステージに姿を現した。グレーのスーツを着こなした男前で、年齢は四十歳くらいだろうか。テレビのニュースで、ＣＭで、あるいはインターネットの動画で、しばしば見る顔だ。

「ま、まさか……」

千華がそう呻き、片手で口元を覆った。驚いたのは勇輝も同じだ。

――本物じゃないか。本物の、天光院晴臣だ。

天光院グループの若き総帥・晴臣。人柄や経歴などは興味がないから知らないが、メディアなどへの露出が多いので、勇輝でも顔と名前は知っていたくらいだ。

人前で喋ることには慣れているのか、にこやかにマイクを受け取った晴臣は、輝く目で客席を見渡し、張りのあるバリトンの声で朗々と云った。

「どうも、みなさん、ただいまご紹介に与りました天光院晴臣です。実は緑川奏は私の友人でして、彼女が世を去ってから十五年になりますが、私は彼女のことを忘れたことはありません。それは彼女の友人たちも同じだったようで、このたび追悼コンサートをやりたいという彼らの気持ちに、後援というかたちで力添えさせていただいた次第です」

そこで晴臣が言葉を切ると、会場は拍手で溢れた。勇輝もその一人として拍手を送っていたが、そのとき横から千華に袖を引かれた。

「コンサートは終わったみたいだ。帰るよ、勇輝」

「いや、せっかくだし……」

テレビにも頻繁に出る世界的有名人が指呼の間にいるのだ。それを生で見られる機会などそうはない。勇輝はそう思ったが、そういえば千華は映画でもスタッフロールを最後まで見ずに席を立つタイプだった。

仕方ないかと思ったそのとき、ステージ上の晴臣が云った。

「ところでみなさん、実は私には娘が一人いるのですが、彼女もピアノを弾くのです。今日演奏していただいたプロの奏者たちとは比べるべくもない腕前ですが、最後にどうか一曲だけ、娘の演奏にもお付き合いください。純奈！」

それを聞いて千華が渋い顔をした。

「ちっ、なんだい。まだ終わりじゃないのかい」

千華は舌打ちすると、覚悟を決めたように背もたれに体を預け、ステージに目をやった。

どうやら最後の奏者の演奏を聴くことができそうだ。勇輝はほっとしてふたたびステージを見た。ちょうど下手(しもて)の方から白いドレスを着た黒髪の少女が静々と姿を現したところだった。

最初はまず髪が長いと思った。次に歩く姿が美しいことに気づき、じっと目を凝(こ)らして、その顔の美しさに息を呑んだ。

「純奈、って呼ばれてましたっけ」

「ああ、天光院純奈。天光院のお嬢様さ。いや、お姫様(ひめさま)と呼ぶべきかねえ」

千華の言葉に相槌を打った勇輝は、もう半ば夢の世界に飛び立っていた。

――なんて綺麗な女の子だろう。

父親の傍(かたわ)らに立った純奈は客席に向かって一礼し、それからピアノ前の椅子(いす)に端然(たんぜん)と座った。そこへメイド服を着たショートカットの少女が抜(ぬ)かりないタイミングで現れ、譜面(ふめん)台(だい)にそっと譜面を広げて置く。

「あ、メイドさんだ……本物のお嬢様の傍には、メイドさんも実在するんですね」

しかもそのメイドがまた可愛(かわい)い。美しい姫君(ひめぎみ)に仕える美しいメイド。庶民には縁のない、貴族の世界の一端を垣間見た勇輝は、いっそ感心してしまった。

いつの間にかステージの上から晴臣が姿を消している。メイドはあくまで影のごとく控え、すべての人々の耳目が純奈に集まったとき、たえなるピアノのしらべが、聴衆を別世界へと連れていった。

——亡き王女のためのパヴァーヌか。

そう曲名を胸に呟いた勇輝の心もまた、たちまち音楽にとらわれてしまった。

……。

演奏のあと、割れんばかりの拍手が巻き起こった。勇輝もまた心のままに手を打ち鳴らしていた。その喝采のなかで純奈は深々と一礼し、メイドとともに退場しかけたところを、舞台袖から出てきた父親に抱きしめられ、まんざらでもなさそうな顔をしている。

拍手が鳴りやんだところで、純奈はメイドに手を引かれて今度こそ退場し、ふたたびマイクを手にした晴臣のスピーチが始まった。彼は今日のお礼や、今後の音楽界のことなどを話し始めている。

だが純奈の演奏にすっかり魂を持っていかれてしまった勇輝は、そういう話に興味が持てなくて隣の千華を見た。その瞬間、愕然として息を呑み、我が目を疑った。

千華が泣いていたのだ。

──マジか。母さんが泣くところなんて初めて見たぞ。

鬼の目にも涙という言葉を思い出し、驚愕している勇輝の視線に気がついた千華は、手ですばやく涙を拭うと忌々しげに睨んできた。

「なんだい、なに見てるんだい」

「いや、お母さんが泣くなんて、ちょっと信じられなくて……音楽って凄いんですね」

「……ふん、勘違いするんじゃないよ。これは目にゴミが入っただけさ。あーあ」

千華はそうぼやくと、サングラスをかけながら立ち上がった。

「目が痛いから、さっさと帰るとしようか。あんたはこのあと好きにしな」

「えっ？　そんな……」

まだ昼下がりだ。せっかく都心まで来たのだから勇輝は食事や買い物も楽しみにしていたのだが、千華はつれなかった。

「小遣いならあげるよ。好きに遊んで、帰りは自分でどうにかしな。あまり遅くなるんじゃないよ」

千華は早口でそう云うと財布からお金を出し、それを数えもしないまま勇輝に押し付けて去っていった。思わず手元の現金を見た勇輝は仰天した。五万円もある。

「お母さん、多すぎます！　こんなにいいんですか？」

だが千華は振り返りもせず、足早にホールから出て行った。かくなる上は、このお金はもう勇輝のものである。

「ラッキー……って、喜んでいいのか？」

千華はあきらかに勇輝にいくら渡したかを、きちんと数えていなかった。

——母さん、泣いたのを見られて恥ずかしかったのかな。まるで逃げるように行ってしまった。でも俺に五万も渡したことはあとで気づくだろうし、使ったあとで返せって云われたら洒落にならないぞ。

勇輝は嬉しいやら恐ろしいやらの気持ちでコンサート会場を出た。だが春の陽射しに照らされた瞬間、心は翼を得たように浮き立ってきた。

なにをくよくよしていたのだろう？　演奏は素晴らしかったし、懐も潤っている。そして天気がいいのだから、悩んでいるのは馬鹿みたいだ。

——ああ、最高の一日だ。来てよかった。帰りの交通費を残して、服を買って飯を食ってもお釣りが来るぞ。

そんな風に舞い上がっていたからだろう、曲がり角で人とぶつかってしまった。

「あっ！」

相手を見るまでもなく、声で女性だとわかった。ベージュのハンドバッグが、ぶつかったはずみで地面に落ちる。勇輝はすばやくそれを拾うと、微笑んで差し出した。

「失礼しました」

そのとき初めて、相手の姿をはっきり見た。背丈は一六〇センチくらいだろうか、黒髪の長い、雪白の肌をした、月の精霊のような女の子だ。その美しい顔は、先ほどステージで見たものに相違ない。拾ったハンドバッグが勇輝の手からまた落ちていった。

それを今度は自分で拾った少女が、行儀良く頭を下げた。

「どうもすみません」

「あ、いや……君はピアノの……天光院純奈さん」

勇輝が思わずそう口走ると、顔を上げた純奈は驚いた目をしていた。それが不審や恐怖の眼差しに変わるのが怖くて、勇輝は急いで云った。

「今日のコンサート、観ていました。いや、聴いたって云うべきかな。とにかく、とてもよかったです」

「あ、ありがとうございます。それでは……」

丁寧に一礼した純奈は、勇輝とすれ違い、雑踏のなかへと消えていった。

――なんて綺麗なんだ。地上に天使が実在したぞ。

勇輝が半ば夢見るようにうっとりと純奈の後ろ姿を眺めていると、勇輝の横を風が通り抜けていった。いや、風ではない、男だ。一人の若い男が凄い速度で純奈の前に回り込み、勢いよく声をかけている。

――ああ、ナンパか。

一目でそれとわかった。

――あんな可愛い子が目の前にいたら、そりゃ行くよな。

高嶺の花でも挑戦してみるのが男というものだ。そして迷惑ならさっさと袖にすればいいものを、純奈は足を止めて、先ほどの勇輝に対してと同じように丁寧に受け答えをし始めた。相手にしない方がいいのに、微笑みながら話を聞いている。

一瞬、勇輝は純奈が満更でもないのかと思った。だが違う。あれは恐らく。

――もしかして育ちが良すぎて、対応がずれてる？

断ろうとして断り切れていない。傍から見ていて、だんだん押し問答のようになってきている。男ももちろん手は出さないがしつこい。そして純奈は逃げ道を探すように左右を見て、勇輝と目が合った。

その瞬間、勇輝は大地を蹴っていた。

「すみません、僕の連れです」

勇輝はそう言葉で斬り込みながら、純奈と男のあいだに割って入った。

男は勇輝を見て一瞬鼻白んだが、諦めたような、納得したような顔をして、

「なんだよ。彼氏がいるならさっさとそう云えよ」

そう捨て台詞を残して、雑踏のなかに消えていった。純奈を見れば、すれ違いざまに水でもかけられたような顔をしている。

「き、気にすることは、ないですよ。今度からこういうことがあったら、無視してさっさと通り過ぎた方がいい」

「でも、それでは相手に失礼では……？」

「その気もないのに笑顔で対応するのは、お互いにとってよくないですよ」

「そういうものですか？」

「俺はそう思います」

勇輝がそう云うと、純奈はしゅんと項垂れてしまった。それを見て、強く云いすぎたかと慌てた勇輝だったが、次の一言で全部吹き飛んだ。

「すみません。世間のことを、なにも知らなくて。一人で街を歩くのは初めてなんです」

「えっ？」

——一人で街を歩くのが初めて？　今、そう云ったのか？

驚愕に打たれている勇輝の様子をどう受け取ったのか、純奈はもじもじと云い訳するよ

うに付け足した。

「実は、抜け出してきてしまって……」

「抜け出してきた……」

そう反芻し、勇輝はなんとか少ない情報を噛み砕いて整理し、推測した。

「そういえば、演奏中、メイドさんがサポートしてましたね。天光院グループのことは正直大きな会社でお金持ちということしか知らないのですが、もしかして、普段はいつも身の回りのお世話をしてくれるメイドさんやボディガードが傍にいたり？　なんて……」

まさかそんな、嘘みたいなお嬢様が現代日本にいるとは思えない。

勇輝は冗談として流そうとしたが、純奈は背筋をしゃんと伸ばして云った。

「はい、そうです」

――マジかよ。

思わずそう叫びそうになり、変な声が出た。それを咳払いでごまかしたところで、純奈がぽつぽつと語る。

「でも今日はたまたま一人になれた瞬間があって、こんな機会はもうないかもしれないと思ったら、出てきてしまいました」

純奈はそう云うと、ビルの狭間から見える青空に目をやった。まるで鳥籠から空に憧れる小鳥のような目をしている。闇雲な同情心が湧き上がってきた。だが無責任なことを云える立場ではない。結局勇輝は、当たり障りのないことを云うしかなかった。

「無断で外出したのなら、それはよくない。きっと心配してますよ。せめて連絡くらい入れた方が……」

「そうですね。やっぱり、そうですよね。私には冒険なんて、無理でした。ありがとうございました、帰ります」

純奈はそう云うと手にしていたベージュのハンドバッグの口を開け、携帯デバイスを取り出し、電源を入れようとした。だが。

「待った」

瞬間、手を止めた純奈が不思議そうにこちらを見上げてきた。その黒々とした瞳に、自分自身に困惑している勇輝が映っている。

――俺はなにをやってるんだ？　なんで止めた？

彼女は他人だ。ここで無難な選択をして、彼女を元いた場所に帰るよう促して、それでおしまい。今までいくつもの出会いをなかったことにしてきたように、今日ここで二人は出会わなかった。それでいいはずなのに、心が流れに逆らい始めた。

「もう解散しちゃったけど、バンドを組んでたんだ」

「えっ？」

「ヴォーカルがアメリカ人でさ。そいつが親の都合で国に帰ることになっちゃって……でも色々なことが中途半端で納得いかなかったから、メンバー全員でそいつを追いかけてアメリカまで行ったよ。去年の夏の話だ。俺は十四歳だった。で、現地でヴォーカルを拾って、そのまま全米横断弾丸ライブツアーをやった。今思うと無茶苦茶だった。最初はパッとしなくて、ステージに空き缶が飛んできたり、客席の後ろの方で客が喧嘩を始めたり……でも続けてたらだんだん人気が出てきて、ニューヨークの解散ライブは盛況だった。ライブのあと、レコード会社の人が楽屋にやってきて、ヴォーカルがスカウトされた。今そいつはアメリカで歌手として活動してる。バンドは解散しちゃったけど、俺たちの仲間からプロのシンガーが生まれたんだ。夢みたいだった」

そこまで一気呵成に話し終えた勇輝は、一息つくと頭を掻いた。当たり前だが、往来でいきなりこんな話をされて純奈は茫然としている。勇輝が収拾をつけねばならぬ。

「つまり、なにが云いたいかって云うと、英語も大してできない俺がいきなりアメリカに行って一ヶ月ライブツアーができたんだから、君にだって冒険はできると思うよ」

それなのに冒険なんて無理だったと、そんな風に諦め、挫折した経験だけを得て帰っていくのでは、彼女はいったいなんのために飛び出してきたのだろう。

　そう思ったら、馬鹿みたいに長広舌をふるってしまった。そんな自分を青臭く思っていると、純奈が口を開いた。

「でも、あなたの冒険には仲間がいたんですよね？」

「いたよ。キーボードの俺を含めて五人組のバンドだった。あとヴォーカルのお父さんが車を出してくれて、ツアーに付き合ってくれたよ。金銭面のサポートまでしてくれて……そうじゃなきゃできなかった」

　やろうぜ、と帆をあげたのは勇輝だったが、風が吹いたのは仲間たちがそれに乗ってくれたからだ。

　いったい、一人でなにができただろう。そう思ってから、勇輝は純奈の寂しい冬の樹のようなたたずまいにふと気がついて、そっと訊ねた。

「もしかして、友達いない？」

「……御学友はいますけど、みなさん品行方正で、私のこんな身勝手に付き合ってくれるような友人には心当たりがありません」

「じゃあ今日一日、俺がそういう友達になってやる。一緒に冒険しよう！」

　このとき勇輝の言葉がひかりとなって、純奈の顔をぱっと照らした。

　人生にはいくつもの出会いがある。それらの出会いは、勇気がないとか、忙しいとか、面倒だとかで、なかったことにされることが珍しくない。

だが今日のこの出会いは、永遠となった。


その後、二人は街中のちょっとした公園に場所を移した。人通りの多い往来でいつまでも話しているのはどうかと思ったからだ。

純奈をベンチに座らせた勇輝は、飲み物を買ってくると云ってその場を離れ、両手にペットボトルを持って戻ってきた。

純奈はベンチに端然と座って、一人で勇輝を待っていた。

遠目に見ると、改めて綺麗な女の子だと思う。黒髪は背に余り、まつげが長く、目がきらきらしていて、頭の片側に結んだ白いリボンが風に揺れている。藤色のカーディガンやチェックのスカートはまさに春の装いで、ベージュのハンドバッグを傍らに置いていた。

そして伸ばした足の先には、前脚を揃えてちょこなんと座った一匹の黒猫がおり、金緑の瞳でじっと純奈を見上げている。

突然、純奈がその猫に話しかけた。

「にゃーにゃー。にゃごにゃご、にゃごにゃ？」

にゃっ、と黒猫が返事をしたように見えた。すると純奈は小首を傾げてなおも続けた。

「にゃにゃにゃんにゃ、にゃー」

　今度は返事がなかった。黒猫は異国の言葉でも聞いたかのように純奈をじっと見上げている。その様子を目撃した勇輝は思わず呟いた。

「……猫と話してる」

　邪魔をしてはいけないだろうか。勇輝はそう配慮して、足音を忍ばせ、そろそろと近づいていった。純奈は黒猫を見つめていて勇輝の接近に気づいていない。

「あなた、野良ではありませんにゃ。綺麗な首輪をしてるもの。お名前はなんて云うのですかにゃ？」

「そういえばまだちゃんと名乗ってなかったね。俺は真田勇輝と云います」

「私は天光院純奈と申します」

　純奈は黒猫に向かって生真面目な返事をしてから、目をぱちくりさせた。

「……喋った？」

「いや、そんなわけない。俺だよ」

　そう声をあげながら手を振ると、純奈は初めて勇輝の存在に気づいたような顔をした。

　同時に黒猫がぱっと跳びはねるようにして、鈴の音を鳴らしながら逃げていく。

　勇輝と純奈は揃って黒猫を目で追いかけた。ばつの悪そうな顔をしたのは勇輝だ。

「行っちゃったね……」

「仕方ありません。あの子は自由ですから」

純奈はそう云うと立ち上がり、勇輝に向き直った。そんな何気ない所作ひとつ取っても優雅で洗練されている。きっと厳しく躾けられてきたのだろう。

「勇輝君と云うんですね」

うんと頷き返した勇輝は、一つ気にかかるところがあって訊ねた。

「そういえばいつの間にか砕けた口調で話してしまってるけど、改めた方がいいかな。俺は今、中三で十五歳だけど、年上？」

「いえ、それなら同い年です。言葉遣いはあなたの自然なままでいいですよ。私もそうしていますから」

「それが自然？」

「はい」

純奈はにっこり笑って頷いた。勇輝も千華に対しては丁寧語を遣うようにしているが、純奈は誰に対しても丁寧語がしっくりくるのだろう。まったく、大したお嬢様である。

「それなら、俺の話しやすい感じにさせてもらうけど……」

勇輝はそう云いながら、両手に持った二つのペットボトルを交互に見た。

「緑茶と紅茶、どっちがいい？」

「紅茶で」

「オーケー」

勇輝は緑茶のボトルをベンチに置くと、紅茶のボトルの蓋を開けて純奈に渡した。

「ありがとうございます」

純奈は人を疑うことを知らない澄んだ目をして礼を述べると、ふたたびベンチに腰を下ろした。

「勇輝君も、どうぞ座って下さい」

そう云われて勇輝は純奈の隣に腰を下ろし、二人でしばらくお茶を飲みながら公園の景色を眺めていた。

白黒の尾羽をふりふり歩いていたハクセキレイが飛び立ったとき、勇輝が云った。

「実はまだ信じられないんだけど、一人で街を歩くのが初めてというのは本当かい？」

「はい。いつでも、どこへ行くにも、身の回りのことを世話してくれる人がいて」

勇輝は喉の奥で唸った。むろん、天光院の御令嬢なら常識外れの警護がついていてもおかしくはない。とはいえ一人で出かけたことがないなど、あるのだろうか。

「友達と遊びに行くときまで、そんな警備体制なの？」

「御学友のみなさんとどこかへ行くときは、事前に行動計画表を作って提出しなくてはいけません。またその場合も、随行する者がおります」

「予定にないことを急にしたり、護衛を撒いたりとかは？」

「……その場合、御学友のみなさんに迷惑がかかってしまいます。いつも親切で、常に礼儀正しく接してくださるみなさんに、そんなことはさせられませんから」

そう淡々と述べる姿を可哀想に思って、勇輝は視線を落とした。遊歩道に伸びている彼女の影法師さえ、どこか寂しそうに見える。

「でも今日は初めて、悪いことをしてしまいました」

そう話すだけで純奈の頬は上気していた。興奮しているのか、それとも恥じているのか。

「それはまた、どういう風の吹き回しで？」

「……私、云われたことは、常に完璧にやり遂げてきました。成績も運動も常に一位で、音楽なら一度聴いた曲はすぐにコピーして演奏できます。ですから、みんな私のことをパーフェクトだと思っているみたいです」

純奈はペットボトルを両手で包み持ったまま、背筋をしゃんと伸ばして、どこか遠くを見つめていた。

「でも私が本当にやりたいことって、なんなのでしょうか。私はなんのために、誰のために、この先の人生を歩んでいくのか……そう思ったら、悪いことをしてしまいました」

「それは、悪いことじゃないと思うよ。君は自分を探して飛び出したんだ」

子供はみんな、最初は親に云われたことだけを忠実にこなす。だが相応の年齢になれば、自分のやりたいことを探し始めるものだ。クラシックピアノの世界の枠を破ったときの勇輝がそうだったし、今の純奈もまたそうなのだろう。

「守破離って知ってる？　芸の世界の話で、弟子は最初師匠の教えをひたすら守るけど、いずれそれを破って離れていく。そうして自分の道を見つけていくっていう考え方」

するると純奈がくすりと笑った。

「以前、お母様がピアノのレッスンのときに同じことをおっしゃっていました」

「それならお母さんもわかってくれるよ」

勇輝がそう云うと、純奈は気持ちが楽になったように、表情を柔らかくした。

相手が笑ってくれると、勇輝としても話しやすくなる。

「それで、なにがやってみたいの？」

「それは……突拍子もないことですから」

純奈は恥ずかしそうに答えを濁したが、自分の魂を探すための冒険は、自分の心に耳を傾けることから始まる。

「なんでもいいから云ってごらんよ」

「……実は、空を飛んでみたいと思ってしまいました」

そう云ってから、純奈は自分の顔を両手で挟んだ。

「なんて、変ですよね。ごめんなさい」

「いや、変じゃない。でもそれは飛行機に乗りたいとかじゃないよね？」

「はい。この身一つで飛んでみたいと、思ってしまって……できるわけないのに」

そう、翼を持たぬ人間に鳥のようなことはできない。だが真似事ならできる。空を飛びたいという人の夢は、はるか昔から存在し、人はそれに手を伸ばしてきた。飛行機を自分で操縦する、パラグライダーをやってみる。あるいは。

「スカイダイビングなら一つ当てがある」

「す、すかいだいびんぐ？」

目を白黒させた純奈に、勇輝は間髪を容れずに云った。

「うちは自転車屋なんだけど、常連さんに一人、スカイダイビングのインストラクターをやってる人がいるから、ちょっと電話して訊いてみるよ」

云うが早いか勇輝はベンチから立ち上がり、携帯デバイスでいきなり電話をかけた。

父親のいない家庭に育った勇輝は、家業の手伝いは当然していた。携帯デバイスには客のリストが全部入っている。

幸い、電話はすぐにつながり、勇輝はしばらく話をしたあとでお礼を云って電話を切ると、純奈に向き直った。

「スカイダイビングだけど、インストラクターと一緒に飛ぶタンデムダイブなら技術的に難しくはない。ただ事前の予約と当日の講習、さらに未成年は保護者の同意書がいる。今からいきなりは制度的に不可能だということがわかった」

「で、ですよね。ああ、びっくりしました」

「ほかにハンググライダーやパラグライダーといったスカイスポーツもあるけど、これも今日は無理だ。唯一、今日いきなりできるのは、バンジージャンプしかない」

「ばんじーじゃんぷ、ですか？」

「そう。この近くの遊園地に飛べるところがあるってさ。本当に近いからたぶん今から一時間後には飛べると思うよ。ところでバンジーってやったことある？」

「ありません」

「そうか、よかった。俺もないから二人で楽しめそうだ。じゃあ行こう」

勇輝は手振りで純奈に立ち上がるよう促したが、純奈はぽかんとした顔でこちらを見上げている。

「えっと、バンジーって、知ってますよ。ゴムの紐をつけて高いところから飛び降りるものでしょう。やるんですか？」

「うん。だって空を飛んでみたいんだろう？　飛ぶというよりは落ちるに近いのかもしれないけど、やったことがないことをやるときは、みんな心で飛ぶんだよ。そういう意味じゃ、君はもう飛び出してきた時点で飛んでるんだから、きっと大丈夫だよ」

勇輝は純奈に向かって右手を差し伸べた。が、純奈はそれを取らない。ここまで来て怖気づいている。どんな言葉で、なにを云ったら、最後の踏ん切りをつけられるだろうか。なにか、なんでもいい、一つきっかけになるようなものが――。

「にゃごにゃご、にゃごにゃー」

勇輝はいきなりそんなことを云って、自分で自分を馬鹿だと思った。だがほかに思いつかなかったのだ。果たして純奈は面食らったようだが、すぐにそれが先ほどの自分の再現だと心づいたのだろう。たちまち耳まで真っ赤になる。

勇輝は乗りかかった船とばかりに続けた。

「にゃんにゃん、にゃんにゃー」

すると純奈は勇輝に付き合って云った。

「……にゃあ」

「にゃん！　にゃん！」

勇輝は手振りを交え、理屈ではなく勢いで純奈に立ち上がるよう促した。ふふっ、と純奈が笑って、ついに勇輝の手を取った。よく整えられた爪が真珠のように光っている繊手だ。乱暴に掴んだら壊れてしまいそうに感じて、勇輝はそっと優しくベンチから引っ張り起こした。

「レッツ、にゃん！」

「それはもういいですから。日本語に戻してください……にゃん」

一瞬の可愛さに胸を撃ち貫かれた勇輝だったけれど、おくびにも出さない。

「よし、それじゃあ行こうか、天光院さん」

「純奈でいいですよ。私も勇輝君って呼びますから」

「わかった、純奈ちゃん」

勇輝はそう云うと、純奈の手を引いて駅の方へ歩き出そうとしたが、抵抗を感じて足を止めた。見れば純奈がなにか云いたそうな顔をしている。

呼び方が気に入らなかったかと思って、勇輝は恐る恐る訂正した。

「純奈さん、の方がいい？」

「純奈でいいと、云いました」

「いや、それは俺が困るから、純奈ちゃんか純奈さんにさせてください」

「仕方ないですね。では『さん』の方で」

「オーケー、純奈さん。じゃあ、今度こそ行こう」

勇輝は弾みをつけると、純奈を連れて駅へ向かった。ずっと手を繋ぎっぱなしだったことには、駅に着くまで気がつかなかった。

一人で電車に乗ったことがないという純奈の告白に衝撃を受けた勇輝は、彼女に電車の乗り方を教えながら、目的の遊園地の最寄り駅を目指した。電車のなかでバンジージャンプについて携帯デバイスで調べていたのだが、一つ問題が発覚した。

「スカートでバンジーはちょっと無理みたいだ」

そこでその問題を解決するため、目的の駅で降りた勇輝たちは、まず服屋――ファストファッションの店に立ち寄っていた。

「お待たせしました」

店先で待っていた勇輝に、純奈がそう声をかけてきた。振り返るとカットソーにパンツ姿の彼女と目が合った。純奈が自信のなさそうに訊ねてくる。

「……どうでしょうか?」

「可愛い」

特にリボンを使って長い黒髪をポニーテールに纏めているのがとてもいい。だが勇輝に可愛いと云われた純奈は、困ったような、恥ずかしそうな顔をした。

　それで勇輝も恥ずかしくなり、慌てて話をよそへ移した。

「いや、それならバンジージャンプをするのに問題ないと思う。ばっちりだ」

「ありがとうございます。こういう恰好はあまりしないので……あと、すみません。洋服代を立て替えていただいて。これはいずれお返ししますね」

　純奈は大金持ちのお嬢様だが、現金を持ち歩いていなかった。かといってプチ家出中の身でクレジットカードなどを使えば足がつく。そこで急遽、勇輝が服の代金を出した。

　勇輝としては臨時収入もあったし、ファストファッションの店で買った服代くらい払ってあげてもよかったが、恋人同士でもないのにそれはおかしいだろう。

「うん、それじゃ、お金はそのうちにね」

　そのあと紙袋に詰めてもらった元の服や手荷物、勇輝のジャケットなどを駅のコインロッカーに預け、改めて遊園地に向かった。

　やってきたのは、東京都心にある遊園地・Yランドだった。正面ゲートから入り、ほかのアトラクションには目もくれず、北東にあるバンジージャンプの塔に向かった。

「……着いた」

空は青く、太陽はまだ高い。調べた通り、それほど時間をかけずに辿り着いた。

「これが……」

初めて見るのか、純奈はT字形をしたバンジージャンプのための鉄塔を仰ぎ見て圧倒されているようだった。地上二十二メートル、鉄の骨組みのような鉄塔の内部を、つづら折りの鉄骨階段が上へ向かって伸びている。

――こうして見るとさすがにえぐいな。迫力があるぞ。

七階建てのビルを真下から見上げたときと同じ感じだ。このてっぺんから飛び降りるのかと思うと血がざわめく。だがまさにそのとき、T字の片側から人が飛び降りた。

絶叫が尾を引き、地面に敷かれているマットにぶつかるのではないかと思ったところでゴムが戻り、十メートル以上引き戻されたかと思うと上下運動を繰り返して止まった。そこでゴムのクレーンがするすると伸びて、人がマットの上に軟着陸させられる。係員が駆け寄っていって、ハーネスとゴムを繋いでいた金具を外し、茫然とした様子の男性がふらふらとその場を歩いた。

純奈はその男性をまるで幽霊のように見てから、勇輝の手をそっと握りしめてきた。

「今の、見ました？」

「見たよ」

「高さが、七階のビルくらいあります。その一番上から飛び降りましたよ？」

「そうだね」

だが特に事故もなく無事にジャンプを終えたではないか。しかし純奈は恐ろしげにしていて、ただでさえ白い顔が青ざめて見える。

勇輝は彼女を励まそうと思って、わざと明るく云った。

「大丈夫、俺が先に飛ぶから」

「勇輝君、怖くないんですか？」

「ああ、俺は……」

全然怖くない。高いところ平気だし、こういうのビビらないから――そう云おうとした勇輝は、思い出に背中から刺されてはっと口を噤んだ。

小学生のとき、夏祭りの夜に友達みんなでお化け屋敷に行くことになったのだが、当時クラスで一番可愛かった女の子が、幽霊が怖いと半泣きになっていたのだ。勇輝が『おれは全然怖くないぜ』と胸を張ると、その女の子は勇輝をきつく睨んできた。

――勇輝くん、きらーい。

その言葉にショックを受けた勇輝が、これこれこんなことがあったと千華に話すと、千華は呆れた目をしてこう云った。

——馬鹿だねえ、勇輝。女の子を相手に勝ち誇ってどうするのさ。怖がってるなら、その怖いって気持ちに寄り添ってやりなよ。それが優しさってもんさ。

気持ちに寄り添う。それが優しさ。千華の言葉に導かれ、勇輝は純奈の目を覗き込んで云った。

「本当を云うと、俺も怖いよ。ドキドキしている。でも勇気を出して飛ぶよ。俺の名前、勇輝だしね。漢字は一文字違うけどさ」

ははは、と笑った勇輝に、純奈が不思議そうに手を伸ばしてきた。

「勇輝君でも、本当は怖かったりするんですね」

えっ、と勇輝が思ったときには、純奈は勇輝の胸板に服の上から手をあてていた。勇輝は思わず体が痺れたようになり、息さえ凝らしてしまう。

すぐ近くに純奈の美しい顔がある。改めて見ると本当に美人だ。同い年だという話だが大人びて見えるし、こんなに黒髪の綺麗な娘は見たことがない。肌は月のように白いし、唇や爪は桜色をしている。こんな奇跡のような美少女が、自分に手を伸ばしてくれているということが、とても不思議で、信じられないくらいだ。

「あっ、たしかに、心臓がすごく鳴っています……」

勇輝はさっと顔を赤らめ、声が震えないように祈りながら云った。

「純奈さん、人の体に勝手に触るのはよくないよ。逆の立場だったらどう思う？」

すると純奈は熱い金物に触れたように手を引っ込め、胸元で右手を左手でぎゅっと握り締めながら顔を真っ赤にした。

「し、失礼しました……」

「いや、いいよ、別に。一応、注意してみただけで、俺はまったく怒ってない。君なら全然、不快じゃないから」

勇輝はそう云いながら鉄塔を振り仰いだ。まだ胸が高鳴っている。顔が熱くなっているのが自分でわかる。

――参ったな。

肩で息をした勇輝は、どうにか自分を落ち着かせるとジャンプの手続きにいった。

そのあと、二人は体にハーネスをつけてもらった。つまり全身にベルトを巻きつけたようなもので、バンジージャンプのゴムと接続するための金具部分がある。このハーネスをつけたまま鉄塔の上部まで行けば、もうあとはすんなり飛べるらしい。

鉄骨の階段を上り、鉄塔の最上部へ。係員に誘導され、ハーネスの金具にバンジーのゴムを接続してもらう。

「えっ？　えっ？　勇輝君、もう飛ぶんですか？」

「飛ぶよ」

勇輝は迷いなく云うと、純奈に眼差しを据えた。

「先に行ってる」

そうして勇輝は係員の指示に従い、バンジー台から爪先を出した位置に立つと、頭の後ろで手を組んだ。係員が慣れた様子で声を張り上げる。

「カウントいきまーす。スリー、ツー、ワン、バンジー！」

勇輝はためらいなく体を前に倒し、そして重力に身を任せた。

◇

勇輝が落ちた瞬間、純奈は思わず目を瞑ってしまった。直後に「おおおおっ！」と物凄い声がする。

「ゆ、勇輝君！」

思わず覗き込んでみれば、宙づりになった勇輝の絶叫が笑い声に変わっていた。やがてクレーンの要領でマットの上に下ろされた勇輝に係員が駆け寄っていき、ハーネスから金具を外す。

勇輝は元気な足取りで大地に立つと、係員にハーネスを渡したあと、純奈に向かって両手を大きく振ってきた。

「次は君の番だ！」

「どうぞ」

勇輝が、係員が、連続で純奈を追い立ててきた。思わず凍りついてしまった様子の純奈を見て、係員の青年が目を軽く見開いた。

「リタイアしますか？」

ジャンプの直前で飛べなくなる人は珍しくないそうだ。実際、ここへ上ってくる途中も引き返してきた人とすれ違った。しかし。

「……いいえ。飛びます」

たとえ飛べなかったとしても、勇輝はきっと笑って許してくれるだろう。けれどそのときは、最後までお嬢様扱いされて、丁寧にエスコートされて、それでおしまいだ。自分と別れるとき、彼はせいせいするだろう。そして二度と振り返りはしない。

それはなんだか、とても厭だった。

——なぜかしら？

わからない。悔しいのか、別の感情のうねりがあるのか、自分の心が自分で見えない。

だがそれを知るために、自分の心の色、魂のありかを見つけるために、飛び出してきたのではなかったか？

「がんばれーー！」

地上から勇輝の声援が届き、純奈の口元に笑みが浮かんだ。

──怖いと云っていたのにあっさり飛んだ。彼はそういう人なんだわ。どんどん先へ行ってしまう。飛べない人は置いていかれる。待っていてはくれない。

直感でそう悟ったとき、純奈の美しい顔には高貴な気魄がみなぎった。

「ここから飛べたら、私は自分の魂の一端くらいは掴めそうな気がするのです。準備をしてください」

係員は威に打たれたように、黙って純奈のハーネスに金具を取り付けた。そして純奈がスタンバイし、ふたたびのカウントが始まる。その声は勇輝のときと違って、貴人を前にしたときの緊張感があった。

「カウントいきまーす。スリー、ツー、ワン、バンジー！」

──私だって、飛べるもの。

空へ身を躍らせた純奈は、そのとき自分の背中に翼があったような気がした。

◇

ジャンプを終えた純奈に近づいていった勇輝は、

「お疲れ！」

と、勢いよく声をかけたが、返事はない。純奈はぼうっとした様子で目の焦点も合っていないし、ふらふらしている。係員にハーネス一式を外してもらっているあいだも心ここにあらずといった感じで、膝もかくかくと震えていた。

「だ、大丈夫？」

手際よく仕事を終えた係員が去ると、勇輝はたちまち心配になって声をかけた。

そう問いかけても返事はない。勇輝は仕方なく純奈の肩に手を置いて目と目を合わせた。

「純奈さん」

「勇輝君……」

だんだんと純奈の目の焦点が定まってきた。花が咲き出すような、綺麗な目だ。勇輝はたちまち恥ずかしくなって目を伏せ、彼女の膝がまだ震えているのを見た。

「脚が震えてる」

「……すみません。少しもたれかかっても、いいでしょうか？」

「どんとこい」

　勇輝は威勢よく頷いた。肩を貸すくらいなんでもない。そう思ったとき、勇輝は胸に温かな重みを感じた。ふわりとした香気が鼻先をくすぐる。それは香水か、シャンプーの残り香か。そして自分の胸に純奈がもたれかかっているのはなぜなのか。

「えっ、そっち？」

　勇輝はまるで降伏するように両手を上げて固まってしまった。そうしなければならないような気がしたのだ。だが純奈の体の震えがやまないのを見て、恐る恐る彼女の肩の後ろに手を回すようにして、控えめに抱きしめた。

「勇輝君……？」

「いや、こうした方が落ち着くかと思って。嫌ならやめるけど、どうかな？」

「そうですね、どうでしょうか？　ふふっ」

　その笑い声が、勇輝にはなぜか春の陽射しに顔を照らされるように感じられた。自分の腕のなかで彼女が笑った。それだけで胸が温かくなっていく。二人のあいだに気持ちが通ったのではないかとさえ思ってしまう。

　――いや、落ち着け。勘違いするな、俺。いい雰囲気だと思ってるのは俺だけで、彼女にそんな気はないはずだ。うん、きっとない。

　勇輝がそう愚かな自惚れを叩きのめしていると、純奈がぽつりと云った。

「飛んだとき、背中に翼が生えたような気がしたんです。もちろん錯覚でした。飛んだというよりは、落ちただけでしたし」

「いや、飛んで落ちるって順番通りじゃないか。つまり君は飛んだのさ。やったね」

　勇輝がそう強弁すると、純奈はくすくすと笑った。その体の震えはいつの間にか治まっている。

　勇輝はほっとして、なにかから解放されたような気持ちで空を仰いだ。ちょうどまた別の誰かが叫び声をあげながらジャンプしたところだった。

「しかし連れてきた俺が云うのもなんだけど、あんな高いところから、よく飛んだよね」

「飛べなかったら勇輝君に置いていかれると思ったら、飛べちゃいました」

「えっ？　いや別に、置いて帰ったりしないけど……そういう意味じゃない？」

　果たして純奈はこっくりと頷くと、目を潤ませて云った。

「あなたを追いかけたかった」

　これほど可愛い女の子にそんなことを云われて、勇輝はたちまち酩酊した。おかしくなりそうだ。だから、自分を見失う前に、勇輝は純奈の肩の後ろに回していた手で彼女の二の腕のあたりを掴むと、強めに腕を伸ばした。

そう云ったときには、もう身を離している。素早く一歩下がった勇輝は、自分の心臓を守るように腕組みした。

「そんな風に云われたら、俺は困る」

「えっ、私、勇輝君を困らせてしまいましたか？」

純奈が本当にすまなそうな顔をするので、勇輝はただちに後悔した。

「いや、困らない。全然、困らない。ただもう、なんていうか……」

勇輝は文字通り、片手で目を覆った。墓穴。自爆。藪蛇。そんな言葉が勇輝の脳裏を次々に過り、思わず自分で自分の頭をぽかんと叩いた。存外、大きな音がして、純奈がにわかに心配そうな顔をする。

「勇輝君、大丈夫ですか？」

「大丈夫じゃない。どんどん変になってる」

君のせいだよ、と心で付け足したのを最後に勇輝は黙ったが、純奈も一言も発さなかった。沈黙が気詰まりになってきて、勇輝はなんとかせねばと思って声をあげた。

「……ごめん、忘れて。ちょっと混乱してしまった」

「すみません、私が甘えてしまって……」

「離れよう」

「いや、俺こそ、ごめん」

そうやって謝り合っているとなんだかおかしくなってくる。それは純奈も一緒だったようで、いつしか二人でくすくすと笑い合った。

「気を取り直していこうか」

「はい」

純奈は一つ頷き、右手を差し出してきた。エスコートせよということだと解釈した勇輝は、その手を恭しく取ると、二人で手を繋いで歩き出した。手を繋いだだけで、またしても心が彼女の方へ引っ張られていくのを感じた。繋いだ手のぬくもりが愛しく、どこかへ落ちてしまいそうになる。

連休中だけあって遊園地は家族連れや恋人連れでにぎわっているけれど、自分たちは傍目にはどう見えるのだろうか。

手なんか繋いでいたら誤解されそうだとは思うのだけれど、離したくない。

「さっきの話ですけど」

「えっ?」

「私が飛んだという話です」

「ああ……」

勇輝がほっとしていると、純奈は勇輝と繋いでいない方の左腕を、すっと斜め上に向かって伸ばした。そして勇輝に期待のこもった眼差しを向けてくる。

「勇輝君もやってください。反対の腕で」

「えっ、こう？」

勇輝は自由な方の右腕を外側に向かって展げた。それでわかった。二人で翼を描いているのだ。

比翼の鳥がふらふらと地面を飛んでいく。

それは春の日の午後の、ほんの些細な戯れだった。

……。

せっかく遊園地まで来たのだから、勇輝と純奈はそこでしばらく楽しい時間を過ごすことにした。疲れたら、園内のカフェテリアでお茶をしながら、お互いの他愛ないことを話した。趣味のこと、学校のこと、誕生日のこと、家族のこと……。

勇輝は母子家庭に育って公立中学に通っているが、純奈は両親の愛を享けた一人娘で、都内屈指のエリート校である貴煌帝学院に通っているらしい。

「貴煌帝の名前は聞いたことあるよ。幼稚園から高校までの一貫教育校で、政治家や社長の子弟がたくさん通ってるすごいとこだって」

「はい。進学校ですが勉強に偏った校風というわけではなく、素敵な学校です」

「らしいね」

勇輝もこの春からは中学三年生、受験生だ。高校についても色々と調べていた。

「勇輝君は高校、もう決めていますか？　私は内部進学ですが……」

「いや、まだはっきりとは。母さんはそれなりの学校に行かせるつもりみたいだから、頑張るしかないけどね。怖いんだよ、うちの母さん」

勇輝はそう苦笑いをすると、アイスコーヒーのストローを咥えた。

……。

暮色が漂い始めたころ、勇輝たちは遊園地で遊ぶのを切り上げて駅に戻り、コインロッカーに預けてあった荷物を回収した。

パーカーのフードを被ってジャケットを羽織り、フードを背中に落としたところで、勇輝は今日という日をどう終わらせるかについて真剣に考え始めた。

「俺は電車で帰るつもりだけど、君はどうするの？　家まで送っていこうか？」

「いいえ、携帯デバイスの電源を入れて、連絡すれば、迎えの車が来てくれます」

「怒られる？」

「恐らくは。でも仕方がありません。自らの行動の結果ですから」

そうは云っても、この数時間、純奈と過ごしていたのは勇輝だ。どうせなら事情を説明して、一緒に怒られてあげるところまでやって終わりにしようか。

「すぐに連絡するかい？」

「いえ、もう少し。せっかくですからもっと電車に乗ってみたいですし、私の家に近いところまで移動して、そこから連絡した方が迎えも早いと思います」

「じゃあ、ひとまず都心の駅に移動しようか」

東京の真ん中あたりの駅なら、勇輝としても家に帰りやすい。純奈が頷いたので、二人は電車に乗った。電車のなかで、純奈が元の服に着替えたいと云い出した。

勇輝だったらトイレで着替えてしまうところだが、女の子ではそうもいかない。

「たしかパウダールームっていうのがあるんだよ。着替えたり化粧を直したり、場合によってはシャワーを浴びたりもできる部屋やブースが借りられるんだ。有料のところもあるけど、無料のところも多い」

そう云いながら調べると、目的の駅の前にある百貨店に、おしゃれなパウダールームがあった。ドレッサーがあり、着替えもできるらしい。女性の口コミで、仕事のあと、デート前に着替えるのに便利だと評判だった。

「というわけで、行ってみよう」

かくして二人は目的の駅につくと、そこから歩いてすぐのところにある百貨店に入った。

エスカレーターを上っていく途中、純奈はしきりに感心していた。

「勇輝君はなんでも知っていますね。遊園地のアトラクションも、電車の乗り方も、喫茶店での注文の仕方も、着替えのできる場所が借りられるってことも」

「いや、そうでもないよ」

勇輝が知っているというより、純奈がつくづくお嬢様で、世間のことを知らなすぎるのだ。電車の乗り方もよくわからなかったくらいなのだから、筋金入りである。

「でも百貨店って、お嬢様なら買い物に来たりしないの？」

「はい、うちは外商の方がお見えになるので」

「がいしょう……？」

「代々お付き合いのある百貨店の方々が家にやってきて、現物やカタログで色々な商品を提案してくださるのです。私もお母様と一緒に応対したことがありますが、みなさんとても親切で丁寧に説明してくださるんですよ」

「……えっ、待って。百貨店の社員の人が家に来るの？」

「はい。ですから百貨店に行く機会は今までなかったんです。こうしてデパートにやってくるのは初めてなので、なんだかドキドキしますね」

　純奈はそう云って、弾むような足取りをして、目的の階でエスカレーターを下りた。自分には縁のない上流階級の話に、勇輝は狐につままれたような面持ちであとに続いた。

　パウダールームは当然ながら女性専用である。紳士用もあるがここは違った。

「じゃあ俺は、ちょっと別の階をぶらぶらしてるよ。二十分くらいで迎えに来るから、ここで待ち合わせしよう」

「わかりました」

　純奈は微笑んで頷いた。

　そのあと勇輝はいくつかの買い物を済ませて、元の服に着替え、髪型も戻した純奈と合流し、二人で百貨店の外に出たところで、手にしていた紙袋を渡した。

「はい、プレゼント」

　目を丸くした純奈に、勇輝は夕空を一瞥して云った。

「もう日が暮れる。帰らないとまずいだろうから、今日の記念ってことで。別に大したものじゃないから、あまり期待しないでね」

　勇輝がお別れを仄めかすと、純奈の表情は、月が雲に隠れるようだった。翳りを帯びた表情さえ美しい、と思いながら勇輝は純奈の手に移った紙袋を指差した。

「見てどうぞ」

それから純奈の両手を自由にしようと思って、彼女の荷物をいったん預かった。

「それでは失礼して……」

純奈が紙袋から取り出したのは、なんてことのない一冊のノートとペンだった。

「これは……」

「君の冒険(ぼうけん)は、空を飛びたいってだけでは終わらないだろう? だからこれから自分がやりたいことを一〇〇個くらいノートに書いてアウトプットするといいよ。で、それをこなしていく。そうすれば君はいつか、自分の魂を掴めるんじゃないかと思うんだ。これはそのためのノートさ。さしずめ、やりたいことノート……いや、『冒険ノート』かな」

これでお別れになっても、このノートがいずれ純奈の道標(みちしるべ)になってくれるだろう。そう思って贈(おく)ったものだ。

「冒険ノート……」

純奈は感激したようにノートを抱きしめたあと、なにかに気づいたようにその美しい眉(まゆ)を動かした。

「もう一つありますね」

次に純奈が手にしたのは、平たい小さな紙袋だった。開けてみると、ピンクのハンカチが出てきた。

「それはおまけ」

「……ありがとうございます。一生大切にします」

「いや、そんな大層なものじゃないから……」

一生と云う言葉に勇輝は恐縮してしまうくらいだったが、純奈が本当に幸せそうだったので、もうなにも云えなかった。

それから二人はなんとなく歩き出した。昼間はあんなに暖かかったのに、日が暮れてみると風は凛として冷たい。

――そろそろ本当にお別れか。

勇輝がそれを寂しがったとき、どこからともなく優しいピアノの音色が聞こえてきた。

最初は空耳かと思ったが違う。

「ピアノの音が聞こえます」

純奈が立ち止まって、耳を澄ませた。音のする方を辿っていくと、駅の構内に入っていった。駅を東西に貫くコンコースの一角に人だかりができている。

近づいていくと、天蓋を開けたグランドピアノとそれを演奏している大学生くらいの青年の姿が見えた。純奈が目を丸くする。

「これは……」

「ストリートピアノだ。駅ピアノとか、街角ピアノとか呼ばれるやつ。駅とか人が多いところにピアノが設置されていて、誰でも飛び込みで演奏していい」

都市部ではときどき見かける光景だった。ピアノのすぐ近くには机と椅子が設置されていて、係員が演奏者を受け付けている。

「そういう文化があるんですね……」。

純奈は感心したような、好奇心を覚えたような、きらきらした目で奏者を見ていた。そこへ勇輝が、音楽を邪魔しないような低声で云う。

「俺も小さいとき、家にピアノの先生を呼んで教わってた」

「でもジャズやロックンロールに興味を持って、ジャンルを移ったんですよね？　それでバンドでキーボードをやっていたって、もう聞きましたよ？」

「うん。でもクラシックがどうでもよくなったわけじゃないし、部屋のピアノは今でも弾いてる。最後に一緒に連弾しないか」

「……いいですよ。でも曲はどうしますか？」

「ええっと……シング・シング・シングとか？」

思いついたものをぱっと口にしてしまったが、純奈は微笑んで頷いた。

「わかりました」

「えっと、知ってる曲？」

「いいえ。でも一度聴けばわかりますから、携帯デバイスを貸してください」

そうして純奈は勇輝の携帯デバイスと無線のイヤホンを借りて動画サイトで曲を聴き始めた。嘘か真か、彼女は曲を一度聴けばそれを完全にコピーできるらしい。ともあれ、勇輝は純奈の傍を離れて受付の担当者と話をしにいった。

「連弾ってできますか？」

「できますよ」

担当者はそう云うと、立ち上がり、自分の座っていた椅子を示した。ピアノ演奏用の椅子だ。どうやら連弾希望者はたまにいるらしい。

安心して次の奏者にエントリーをした勇輝が回れ右して引き返してきたとき、純奈も曲を聴き終えたところだった。

彼女から携帯デバイスとイヤホンを受け取った勇輝は微笑んで訊ねた。

「どう？」

「今日初めて聴いた曲ですが、でも弾けます」

「本当に？　一回聴いただけで？」

「私はできます」

あっさりとした肯定の言葉に、勇輝は携帯デバイスを落としそうになった。

「……やっぱり天才？」

「いえ、ただコピーが得意なだけです。ピアノの先生には、そんなのただのコンピュータだから、自分の演奏をしろ、と云われました。私には自分がないとも……」

「なかなかきつい先生だね」

勇輝は明るく云うことで純奈を励まそうとしたが、彼女の顔は曇ったままだ。

——笑ってくれないと厭だな。

そう思って、勇輝は一歩踏み込んで続けた。

「……一度聴いただけの曲をすぐにも演奏できるなんて、とんでもない才能だよ。もっと自信を持っていいと思うよ。音楽なんて、まず聴くことから始まるんだし、いい耳をしてなきゃコピーもできないわけだから」

すると目を伏せていた純奈が勇輝を見上げた。その目のひかりがどんな意味を持っていたのかはわからないが、曇っていた表情には晴れ間が見えたようだ。

やがて順番が回ってくると、勇輝と純奈は二人揃ってピアノの前に行った。受付の男性が如才なく椅子を運んできてくれる。勇輝は礼を云って椅子を二つ並べると、荷物を地面に置き、純奈と二人並んで座った。勇輝が右で、純奈が左だ。

横目を遣って、彼女と見つめ合う。まるで互いの体に触れあうかのように、お互いの呼吸を確かめていく。が、どうにも合わない。

――練習なしのぶっつけ本番だからな。どうしたものか。

勇輝が内心困っていると、純奈が微笑んで云った。

「私のお父様とお母様が出会ったのも、ピアノのコンサートがきっかけだったと聞いています。お母様がピアノをやっていて、それをお父様が聴きにきたのが最初だったと」

「そう、なんだ……」

勇輝は急にどぎまぎしてきた。なぜこの場面でいきなり両親の馴れ初めなど聞かせてくれたのか、わからない。だがそれは純奈も同じだったようだ。

「すみません、いきなり、変ですよね」

「いや、たまに変なことをするのが人間だから。俺だって急にわけのわからないことを云うことがあるよ。たとえば出会ったばかりの女の子に、昔バンドを組んでてアメリカでライブをした話とかしたし、今なんか、これで最後なんて厭だと思ってる」

話しているうちに肩の力が抜けてきて、息が馴染んできた。黙っておこうと思ったことがどんどん言葉になってしまう。

「考えてみれば、遊園地を出たところで車を呼んでお別れにしてもよかったんだ。でもなぜか、先延ばしにしてしまって……」

「それは私も同じですよ」

純奈がそう打ち明けたとき、なにかリズムが合った気がした。そしてそれを、純奈も魔法のように感じ取ったらしい。

「いけそうですね」

「ああ」

「では私から弾きますから、自分のタイミングで入ってきてください」

そうして一呼吸おいて、軽やかなピアノの音色が響き始めた。鍵盤の上を純奈の指が回っている。たえなる調べを奏でている。一つ音が鳴るたびに、指先が光るかのような幻を見て、勇輝が演奏に加わった。

――ああ、いいピアノだ。うちのピアノより弾きやすい。

まずそう思い、それから音楽に呑み込まれた。『シング・シング・シング』は長い曲ではない。しかし五分にも満たない演奏時間のなかで、勇輝は永遠を感じていた。音が心を繋いでくれる。演奏のなかで、呼吸と鼓動がうねり、一つになっていく。そして音楽は最後の一音に到達し、満足そうに消えていった。

――ああ、終わっちゃった。

勇輝は鍵盤に指をかけたまま、名残を惜しんでいた。拍手が巻き起こる。その心地よさのなかで、勇輝はふと隣の純奈を見た。

純奈はきらきらと目を輝かせて、どこか遠くを見ている。

「久しぶりに、ピアノが楽しかったです」

「それは、なにより」

勇輝はそれ以外になんと返してよいかわからなかった。というより、純奈の顔に見とれていたのだ。やはり天女のように美しい。

そのまま見つめ合っているうちに、拍手の音がまばらになってきた。それでも一人だけ、ずっと拍手を続けてくれている人がいる。まるでなにかをうったえるかのようなその拍手に、勇輝も純奈も夢から醒めたような顔をしてそちらを見た。

拍手の主は、黒髪をショートカットにした、メイド姿の美少女だった。今日の追悼コンサートのステージで見た顔だ。

「ブラボー」

メイドが棒読み口調でそう云ったとき、純奈がピアノ椅子から愕然と立ち上がった。

「千影……」

どうやらそれがこのメイドの名前らしい。お嬢様の影となるべく運命づけられているようだと思いながら、勇輝もまたばつの悪そうに立ち上がった。

「とうとう見つかっちゃったか」

天光院家のお嬢様が行方不明ということは、かなりの人数が彼女を捜索していたはずである。にもかかわらず今まで見つからなかったのは奇跡だが、その幸運もここまでだ。

しかし考えようによっては、潮時と云えなくもない。たった一日、お嬢様の冒険に付き合い、日が暮れたらさようなら。それでいい。最初はそう思っていたのに、どうしてか今は、胸が掻き乱されて苦しかった。そしてとんでもない失態に気づく。

――連絡先、交換してなかった。

純奈がずっと携帯デバイスの電源を切っていたこともあり、また自分の気持ちがこんな風に傾くとは思わなくて、電話番号もＳＮＳのアドレスも聞いていない。今この場で引き離されたら、もう二度と会えなくなる。

そう思ったらじっとしていられず、勇輝は純奈を制して自分が千影の前に立った。

「こんにちは。今日のコンサートのステージでお見掛けしました。お嬢様のメイドさん……ですよね。俺は真田勇輝と申します。お名前、伺っても？」

千影という名前はもうわかっていたが、初対面の自分がいきなり下の名前で呼ぶのは無理だ。名字を知りたかったのだが、千影は名乗らず親指で駅ビルの出口を指差した。

「表に出なさい」

勇輝は、おかしな勘違いをされていたらつまらないと思い、念のために云った。

「断っておきますが、俺と彼女のあいだに疚しいことはないですよ?」

「いいから、一緒に来てください」

千影は一方的にそう云うと回れ右して歩き出した。正直なところ、勇輝は首が繋がった気分だった。今すぐ去れと云われるよりは、ついてこいと云われた方がいい。

——俺は。

純奈は自分を知るために飛び出してきたのだと云うが、期せずして勇輝もまた自分の心に出会っていた。それはほとんど、ぶつかるような熱情との出会いだった。

純奈を見ると、純奈が一つ頷いて云う。

「私がちゃんと説明しますから」

「……うん」

なにが『うん』なのか。わからないまま、勇輝は純奈と一緒に千影のあとを追いかけた。

千影に連れてこられたのは、駅を出た先の広場だった。車を引き入れる道路があり、一時停車した車から人が乗り降りしている。そこに黒塗りの、見るからに高級そうなセダンが停まっていた。車の外に立っていた体格のいい運転手が、狼のような鋭い視線でじっとこちらを見ている。勇輝は恐怖が首筋を這うのを感じた。

――怖。なんだあの運転手。一九〇センチくらいか？　めちゃくちゃ雰囲気あるな。

「さて」

千影は立ち止まると振り返った。まさにその瞬間を捉えて、勇輝は勢いよく云った。

「メイドさん、俺は――」

「パーンチ」

電光石火の動きで踏み込んできた千影が、腰の入った素晴らしい拳を勇輝の顔面に向かって放った。少女の拳とはいえ、まともに受ければ、鼻が折れそうな一打だ。

「千影！」

純奈の声がし、勇輝の鼻っ柱を叩き折るまであと一センチの距離で拳が止まった。勇輝は顔に風を感じたほどだった。

拳を突き出した姿勢のまま、千影が無表情で云う。

「……冗談ですよ」

――絶対冗談じゃなかっただろ。

その証拠に、肘が僅かに伸びきっていない。自分の腕の長さを熟知しており、インパクトの瞬間に最大ダメージを与えられる距離を計算してパンチを打った。

「か、格闘技やってます？」

「私は忍者の末裔で、お嬢様のメイド兼ボディガードなので体術は強いです。あなたこそ、拳が顔に迫っても目を閉じませんでしたね。腕に覚えでも？」

「母に護身術を叩き込まれたので。でも実戦経験とかはないですよ？」

いざというときに備えてという千華の考えで護身術を教わったが、幸い、それを活かすようなピンチに陥ったことはない。喧嘩だって、まだ分別のつかない時分には友達とやりあったが、長じるにつれて、そういうことはなくなっていった。

せっかく学んだ護身術も、勇輝のなかで眠ってしまっている。それに比べて千影は動きがやけにこなれていた。

勇輝が内心肝を冷やしていると、純奈が二人のあいだに割り込んできた。

「もうやめてください。私が悪いんです」

「いや、振り返ってみれば俺がナンパしたようなものだし」

「やはりそうでしたか」

聞き捨てならぬというように、千影が勇輝を凄い目で睨みつけてきた。その瞬間、勇輝の首筋に恐怖が走る。

――なんて恐ろしい目をするんだ。

自分でもよくわからないが、なぜか本能的に逆らえない感じがして勇輝が凍りついていると、千影がにやりと笑った。

「……雑魚」

「な、に……！」

侮られ、愕然とした勇輝だったが、千影はもう勇輝を見ていない。

「ともかくご無事でよかったです」

「心配かけてごめんなさい。小四郎も、迷惑をかけました」

純奈がそう云って顔を振り向けた先には、あの筋骨隆々たる強面の運転手がいた。彼が相槌を打ったところで、勇輝が思わず口を挟んでいた。

「小四郎？」

勇輝が思わず聞き返すと、純奈がにこりと微笑みかけてきた。

「ちゃんと紹介しますね。こちらのメイドは山吹千影、あちらの運転手は山吹小四郎。二人は姪と叔父の関係で、ともに私の専属です」

「へえ」

──なるほど、血縁者だったのか。どうりで二人とも目つきが怖いわけだ。

勇輝がそう納得している一方、千影は不満の迸る口調で純奈に云う。

「どうせ逃げ出すなら事前に相談してほしかったですよ。そうすれば協力しましたのに」

「えっ？」

純奈が目を丸くしている。勇輝も同様だ。千影は照れ隠しでもするかのようにそっぽを向いて続けた。

「お嬢様が色々と思い悩んでいるのは気がついていました。心を打ち明けられるようなお友達もいませんし、いつかこういうこともあるんじゃないかと……でも、まさかこの私まで出し抜いてしまわれるとは、悲しいですよ」

勇輝の目には、純奈が一回り小さくなってしまったように見えたが、同時に安心してもいた。純奈には友達がいないのではないかと思っていたが、そうでもないようだ。

そのとき突然、千影の鋭い瞳が勇輝を射貫いた。

「それに私がお傍にいれば、こんな野良犬に噛みつかれることもなかったのです」

「の、野良犬？　噛みつく？　君、山吹さん、さすがにそれは――」

勇輝の言葉を途中で遮って、千影は「しっしっ」と、それこそ犬を追い払うような手振りをした。

「二度とお嬢様に近づかないよう痛めつけてやろうと思いましたが、お嬢様が庇われるのでしたら仕方ありませんね。見逃してあげますから、もう行きなさい」

　そう云って、千影は純奈に顔を戻した。

「さあ帰りましょう、お嬢様」

　純奈はすぐには返事をせず、勇輝に視線を投げてきた。既に日は落ちていて、今日はもう別れるより仕方がないのに、純奈はなかなか動こうとしなかった。

「お嬢様」

　千影が先に車のドアを開けて促すと、純奈はやっと決心したようだった。

「……そうですね。それでは、勇輝君」

「ああ」

「さよなら……」

　別れを告げられ、勇輝は胸がつきんと痛んだ。引き留めるなら、今だ。自分たちの運命の糸が切れるかどうかの瀬戸際が今なのだ。

　車に乗り込もうとしている純奈の後ろ姿を見て、今なら、バンジージャンプをしたときの純奈の気持ちがわかると思った。飛ぶのは怖い。だが飛ばなかったら、純奈が行ってしまう。自分は置き去りにされる。そしてまた他人同士。二度と会うこともない。

　――あなたを追いかけたかった。

　あのときの純奈の言葉が、今の自分の心にぴったり重なる。勇輝は稲妻のような烈しさとスピードで、自分の心を、かぐや姫のいる月へと向かって打ち上げた。

「次はいつ会う？」

すると純奈が弾かれたように振り返った。泣きそうな目をして、しかしきらきらとひかりを放っている。その姿に勇気を得て、勇輝は朗々と云った。

「このまま別れるのは厭だ。連絡先、交換しておこう！」

「私も……そう思っていました！」

そして駆け寄りかけた純奈を、千影の右腕が遮った。素早い動きで勇輝と純奈のあいだに割って入った千影が、燃える火の瞳で勇輝を睨みつけてくる。

「わきまえなさい、野良犬。お嬢様と私たちとでは、住む世界が違う。同じ人間ではないのですよ？」

同じ人間ではない。千影がそう云った瞬間、純奈の顔が強張った。勇輝もまた、先ほど胸に懐いた温かな気持ちが冷えて固まっていくのを、失望とともに感じていた。口調も自然と荒っぽくなる。

「同じ人間ではないって、じゃあ君はどうなんだ？　友達じゃないのか？」

「……私はメイド、お嬢様はお嬢様。主従関係です」

「そういう風だから、彼女は君に相談せず一人で飛び出したんじゃないか。品行方正な御学友ばかりで、一緒に馬鹿なことをしてくれる友達はいないって、寂しそうに云ってたぞ。一番近いところにいるんなら、そういう友達になってやれよ」

すると千影が怯んだように息を呑んだ。それを見て勇輝はさらに踏み込んで云う。

「だいたい、住む世界が違うってなんだ。俺たちはみんな同じ天の下、同じ大地に立ってるじゃないか。そこに上も下もない！」

「あるのです！」

鉄のハンマーを振り下ろすような断言は、勇輝の心にたしかに重みと衝撃を与えたが、それだけだ。勇輝は怯まず千影と睨み合った。千影の目には信念が燃えている。

「それがわからないから、あなたは野良犬と呼ばれるのです」

「なら、野良犬で結構！　そんなの俺は、一生わかりたくないね！」

そうしてバチバチと視線でやり合う二人のあいだに、純奈がそっと割って入った。

「やめてください、勇輝君。千影はそういう一族に生まれたのです」

「一族……？」

「山風衆と云って、昔から天光院家に仕えている忍者の一族があるのです。天光院家に仕える執事やメイドはみんなこの山風衆を祖先とする血族集団で、なかでも千影は、生まれながらに私の専属なのです」

「忍者って……」

そういえば千影は先ほど、自分は忍者の末裔だと口走っていた。その場のノリで出てきた戯言ではないというのか。果たして。

「見せましょうか、忍法・分身の術を」

千影がメイド服を着たまま奇怪な構えを見せ、勇輝は戦慄した。

「ま、まさか、そんなことができるのか……？」

すると千影は、たちまちそんな勇輝を馬鹿にしたような目で見て構えを解いた。

「アホですか、あなたは。冗談ですよ。そんな漫画みたいな忍法が使えるわけないじゃないですか。まあ今の技術なら、ある程度は忍法らしいこともできますけどね。たとえば特殊メイクで顔を変える忍法百面相とか。ともかく、実際の忍者は今で云うエージェント……諜報活動、要人警護、破壊工作、そして暗殺といったものが任務です」

「それも冗談だよな？」

──今の時代に暗殺とか破壊工作とかやってたらマジでやばいぞ。

勇輝は笑って受け流そうとしたのだが、千影は脅すような暗い微笑みを浮かべている。

「天光院は、怖いですよ？　やるときは容赦なくやりますからね。お嬢様に手を出す野良犬なんて、骨を折られるか、家を焼かれるか、それとも車で轢かれるか。最後はぐるぐる巻きにされて海の底へ沈められますね」

「えええ……」

勇輝がやや青ざめてしまうと、純奈が千影にたしなめるような視線を向けた。

「千影、冗談もそのくらいにしなさい。私は今日、とても嬉しかったのですから。今日という日の締めくくりに、私の大切な二人が喧嘩するなんて厭です」

その言葉には、勇輝も千影も、二人揃って仰天してしまった。

「お、お嬢様。この男が大切とは……」

千影が信じられないとばかりに勇輝を見てくる。勇輝もこのときばかりは、思いがけない温かい言葉に夢を見ているような気分だった。

果たして純奈は勇輝を見て、目が合うと、ぱっと顔を背けて俯き、頬から耳から首筋まで全部を赤く染めた。

「……そう思いました」

勇輝が天にも昇るような心地でいる一方、千影は世界の終わりを迎えたかのような顔をしている。だが終末に抗うのが人の性なのか、急にまなじりを決した千影は勇輝を凄まじい目で睨みつけてきた。

「と、とにかく！　この私がいる限り、お嬢様の連絡先など訊けると思わないでください。

あなたとお嬢様は今日限り、これ限り。これはもう絶対です」

「おまえにそんな権利が――」

勇輝はますますヒートアップしかけたが、そのとき純奈が困った顔をしているのを見て冷静になった。

――私の大切な二人が喧嘩するなんて厭です。

たった今、純奈がそう云ったばかりではないか。千影と喧嘩をするのは駄目なのだ。かといってここで力押しの問答をしても埒が明かない。さりとて諦めるのは論外だ。

――なにか、別の方法を。そういえば服の代金が……いや、そんなのこの場で支払われたら終わりだ。もっと別のなにか。

勇輝は深呼吸すると、水の心で千影に向き合った。

「わかった。連絡先を訊くのは諦める」

「おや、ようやく理解しましたか。それでいいのです。ではもう二度とお嬢様に――」

「その代わり貴煌帝学院を受験する」

勇輝がそう宣言すると、千影は片手で口元を覆って呻いた。それを尻目に、勇輝は純奈へと続く輝く道が見えたと思って、純奈に笑いかけた。

「……学校、貴煌帝学院なんだよね。一貫教育校だけど、高校進学のタイミングで受験して合流する外部生もいると聞いたことがある」

　そこまで話せば、純奈も勇輝がなにを企図したのか察したようだ。

「勇輝君、まさか……」

「受けるよ、貴煌帝。君と同じ学校に行く。そしたら……」

　勢い任せに感情が迸るのを、勇輝は自分でもどうしようもない。チャンスは掴む。二度目があるとは思わない。駄目でもやるだけやってみる、それが男だ。

「そしたら、俺の恋人になってください。出会ったばかりだけど、俺はもう君のことが好きだ」

　思い切り飛んでやったような気分だった。このまま空へ舞い上がれるか、それとも奈落の底へ真っ逆さまかは、純奈の返事次第だ。

　勇輝は純奈の揺れる瞳を見ながら答えを待った。だが、しかし。

「大馬鹿者！」

　またしても千影が雷を落としてきた。彼女は怒りで顔を真っ赤にしながら、純奈の腕を掴んで引いた。

「こんな、こんな身の程知らずに関わってはいけません。参りましょう、お嬢様」

　だが純奈はそれに逆らって踏み止まりながら、勇輝から目を離さなかった。

「こういうことは、軽々しく返事をしてはいけないと思います。考えさせてください」

「もちろん。どちらにしても一年後だから。来年の春、貴煌帝に受からなかったら潔く諦めるよ。同じ学校に通えないなら、俺は君に相応しくないってことだろうから」

「でも、受かるんですよね？」

「そのつもりだ」

雄々しく頷いた勇輝を、純奈は幸せそうに見て、自分のハンドバッグから携帯デバイスを取り出した。

「それなら、やっぱり連絡先だけは交換しておきましょう」

千影が目と口を丸くして絶句している。一方の勇輝も、扉がわずかとはいえ開かれたことが信じられず、喜びよりも驚きの方が勝っていた。

「いいのかい？」

「一年後にどうなるかはわかりませんが、まずはお友達からというのが基本だと本で学びました。たまに会って、近況を報告したりはしましょう」

「お嬢様、それは――」

千影がなおも頑張ろうとしたが、もう無駄だ。もう止められない。勇輝はそう思ったのだが、このとき第三者の声がした。

「──待ちなさい」

男の声だ。一瞬、勇輝はさっきから黙っていた運転手の小四郎が口を挟んできたのかと思った。だが違う。小四郎は、先ほど千影が放り出した車のドアを、改めて外側から開けていた。声の主は、車のなかだ。

あちゃあ、と千影が片手で顔を覆う。

そして車から、グレースーツ姿の男が降りてきた。勇輝も知っている顔だ。純奈においては云わずもがなで、彼女はその美しい目を見開いて息を呑んだ。

「お父様……！」

そう、それは天光院晴臣。純奈の父親にして天光院グループの総帥を務める男だった。

「い、いらっしゃったのですか」

「いたのだよ。彼の方にばかり意識が向いていたから、私には気づかなかったかな？」

そう云って苦笑した晴臣は、しかしすぐに口元を引き締めた。

「子供のことに口を出すのはどうかと思って黙っていたが、どうも雲行きが怪しくなってきたのでな」

たまたま予定が空いていたのか、それとも強引に空けたのか、それは勇輝の知るところではないが、ともかく彼が今、目の前にいることだけは事実だ。

もはや自分の出番は終わったとばかりに千影が後ろへ退いて頭を下げる。そして代わりに出てきた晴臣は、娘の無事を確かめるように純奈のことをまじまじと見ていたが、やがて勇輝に視線をよこした。

その瞬間を捉えて、勇輝は先手を打って云った。

「初めまして、真田勇輝と申します。今日は連絡もなくお嬢さんを連れ回してしまってすみませんでした」

「いや、それはいい。純奈にも責任のあることだ。だが勇輝君……君は実に、云いたい放題だったな。上も下もないだの、貴煌帝に合格したら付き合おうだの」

晴臣に凄まれて勇輝は息を呑んだが、次の瞬間に晴臣は微笑んだ。

「懐かしくなった」

「……え？」

勇輝は聞き間違いかと思ったが、晴臣は遠い眼差しをして語り出した。

「私もかつて妻と結婚するとき、そんな風に思っていた。周りから当たり前のように反対されて、奮闘した。二人の気持ちさえ一致していればいいのに、外野が口を出すものじゃない、と怒っていた」

高圧的に叩き潰されるのかと思いきや、そんな風に寄り添われて、勇輝は拍子抜けするやら安心するやらだ。だがその隙をついて切り返すように、晴臣がふたたび顔つきを険しくした。

「だが実際父親となり、天光院グループ総帥になってみると、そうもいかない。本当なら純奈にはいずれ然るべき身分の男性をあてがおうと思っていた」

「えっ？」

と、純奈が声をあげた。晴臣はそんな娘を見てばつの悪そうに云う。

「天光院家が実に特殊な家柄なのは、おまえもわかっているだろう？ さすがに許嫁は時代錯誤だとしても、いずれ有望な青年を何人か見繕い、それとなく出会いの場を用意して、気に入った男がいれば身を固められるよう取り計らう……というようなことを考えていたのだ。だがおまえは今日、私たちの手のなかから飛び出して、どこの馬の骨とも知れない男と出会ってしまったな。私たちにとっては最悪の展開と云える」

晴臣はため息をつくと、勇輝に視線を返して続けた。

「さて、どうしたものか。この少年を二度と純奈に会わせないようにすることは、実に簡単なことなのだが……」

そのとき千影がはっとしたように顔を上げ、晴臣の目が向いていないのをいいことに、勇輝に向かって必死にまばたきをしてきた。なにかを伝えようとしている。思い出されるのは、先ほどの千影の言葉だった。

——天光院は、怖いですよ？　やるときは容赦なくやりますからね。

あれが冗談でないとしたら、最悪、勇輝が東京湾に沈められる未来もありうるということだ。しかし勇輝は十五歳、恐れを知らない若者だった。

「あの、自分は母子家庭で、家は下町の小さな自転車屋です。母は自分をきちんと教育してくれましたが、身分とか、家柄とか、財産とか、そういうことだけで評価されたら最底辺だと思っています。でもそれ以外はこれからの自分の努力次第なので、がんばって、お嬢様と釣り合う男になってみせます。その最初の一歩が貴煌帝学院に受かって、同じ学校に通うことです。受験に失敗したらもう二度と彼女には会いません。以上です」

晴臣の目を見ながら音吐朗々と語ってのけた勇輝を、純奈がきらきらと見ている。ちょっと恰好をつけすぎただろうかと勇輝が顔を赤らめていると、晴臣がやっと云った。

「自転車屋の息子で、片親なのか……」

「はい。それがなにか？」

「……いや、ある男のことを思い出しただけだ。その男は母親を早くに亡くし、父親に男手一つで育てられた小さな自転車屋の息子だったが、大金持ちのお嬢様と結婚した」

「へえ、そういう人がいるんですね」

勇輝は嬉しくなって、勢い込んで訊ねた。

「それでその人は、今は幸せに暮らしているんですか？」

すると晴臣は無表情になって、道を走る車の、ヘッドライトの流れに引き込まれるような目をした。

「その男はな、惚れた女と結婚するため、油にまみれながら苦労して育ててくれた実の父を捨て、とある名家と養子縁組したのだ。そうでなければ周囲を納得させられなかった。父親が病に倒れたときも金だけ送って死に目に会わなかったというのだから、とんだ親不孝者だ。そんなやつが、果たして幸せに暮らしているだろうか。得たものもあったが、失ったものの方が……」

そこで晴臣は、燻っていたものが燃え尽きたかのように言葉を切った。

「いや、話が逸れてしまったな。元に戻そうか。それで、君の気持ちはわかったが、なにかほかに要求などはないのかね？」

「ありません。元々、貴煌帝に合格するまで彼女とは会わないつもりでしたから」

だから純奈が連絡先を交換しようと云ってくれたのは望外だったし、嬉しかった。だがそれはなくてもいいのだ。

貴煌帝学院に合格したら、純奈に告白の返事をもらう。合格しなかったら、自分たちはもう二度と会わない。勇輝はそれでいいと思ったが、晴臣はかぶりを振った。

「それはいかんな。コミュニケーションはきちんと取るべきだ。会わずに自分一人だけで気持ちを育てていると、のちのち大失敗に繋がりかねん」

　すると純奈の目が、咲き出すように輝いた。

「では、お父様……！」

「まあ、友達としてならいいだろう。連絡先くらいは交換しておきなさい」

「あ、ありがとうございます」

　勇輝はそう云うと、さっそく純奈と携帯デバイスを持ち寄ってお互いの連絡先の交換を始めた。それを見た千影が慌てた様子で晴臣に云う。

「本当によろしいのですか、旦那様。奥様があとでなんと……」

「魅夜なら、私が説得する。なに、正式に交際するわけでも、まして結婚するわけでもないのだ。友人が一人増えるくらいで、いちいち目くじらを立てたりはしないだろう」

「そうであればよろしいのですが……」

「むろん、純奈と会うにあたっていくつかのルールは設定させてもらうがな」

　晴臣はそう云うと、勇輝に対して純奈と友人になる上で以下の条件をつけた。

　二人きりで会ってはいけない。会うときは必ず千影を同行させること。

遠くへ出かけるときは事前に計画表を提出すること。

純奈の勉強や学校行事、天光院家の一員としての務めを邪魔してはいけない。

二人の関係はあくまで友人であり、その一線を踏み外すような言動は慎むこと。

勇輝は身辺調査を受けること。

勇輝の連絡先は純奈のみならず千影、小四郎らとも共有する。

純奈との関係を当面は伏せておくこと。家族や友人に対しても秘密にし、ＳＮＳなどでの発信も当然禁止。

純奈の顔がはっきりわかる写真や動画をインターネットで公開してはならない。

門限は午後七時。

「まあ、こんなところだな。これは勇輝君だけでなく、純奈、おまえも守らなければならないルールだ」

「はい」

「勇輝君、異議はあるか？」

「ありません」

「よし。約束だ。この約束が破られたとき、または君自身が公序良俗に反する行いをしたとき、そして貴煌帝学院への受験に失敗したときは、純奈との関係は清算させる。以上に異論がなければ、君を純奈の友人の一人として認めよう」

「わかりました」

勇輝は歯を食いしばって返事をした。いばらの道へ踏み出してしまったとは思うのだけれど、それが天の星に手を伸ばすということなのだろう。

竹取物語の昔には、月の女は諦めるよりほかなかったけれど、今はもう違うのだ。人類は月へ行ったし、いずれは火星にだって行くだろう。

「がんばります」

勇輝はその短い一言をもって、己の旗を揚げたのだ。

そのあと、勇輝は千影や小四郎とも連絡先を交換した。そしていよいよお別れという段階になったが、千影の電話番号を見た勇輝はふと思い立って云った。

「なあ、山吹さん。俺たちも一応、友達ってことでいいんだよね？」

「はあ？　ありえません、厭です。お断りします」

「いや、でも、俺たちの仲がよくないと色々困ると思うんだ、けど……」

「業務上、円滑にお付き合いいたしますが、わざわざ友人となる意味がわかりません。勘違いして気安くしないでください」

苛烈な言葉で好意を振り落とされ、勇輝は絶句してしまった。そんな勇輝を、千影は狼の瞳で睨みつけて云った。

「あなたがお嬢様に対して間違いを犯さないよう、きっちり見張るつもりでおりますので、どうぞよろしく」

「お、おう……」

そうとしか返事のしようがなく、自分たちは炎と氷のような相性なのかもしれないと勇輝が諦めたときだった。

「千影……」

純奈が寂しそうにつぶやくと、千影はばつの悪そうな顔をして純奈を見た。

「いや、だって……」

純奈はなにも云わずに、ただじっと千影を見つめ続けた。下手な言葉よりよほど効果があったのか、千影は諦めたように天を仰ぎ、なにかを決心した顔で勇輝に眼差しを据えた。

「仮の友達ということなら、致し方ありませんね」

「仮友……」

「ええ、あなたとお嬢様の縁が切れたら、私とあなたも他人に戻るのですから、かりそめの友人です」

「じゃあ俺が貴煌帝に受かったら、本当の友達になってくれるかい？」

すると千影は、不意打ちで刺されたような顔をして黙った。だが勇輝としてはそんなに無茶なお願いをしたつもりはない。

「山吹さんも貴煌帝に通ってるんだよね？　同じ学校に通うんなら、もう友達ってことでいいと思うけど」

「私も、あなたが勇輝君と仲良くしてくれたら嬉しいです」

勇輝と純奈に立て続けに云われて、千影はやっと白旗を揚げたらしい。

「わかりました。あなたとお嬢様のお付き合いが、長いものになるのなら……仕方ありません。考えておきましょう」

「約束、だぜ？」

勇輝が千影に拳を突きつけると、千影がそれに自分の拳を軽くぶつけてきた。

そんな三人の様子を見澄まして、晴臣が声をかけてきた。

「ではお別れだ。あとは上手くやりたまえ。帰るぞ、純奈」

「あっ、待ってください。一つお願いがあります」

勇輝がそう引き留めると、晴臣が怪訝そうな顔をして振り返った。

「うん、なんだね？」

「今度純奈さんとスカイダイビングに行きたいので、保護者の同意書を書いてください」

そのときの晴臣の顔は、大企業グループのトップとは思えないもので、勇輝をしてこの人も普通の人間なのだと思わせるに十分だった。

「ス、スカイダイビング？」

「はい。純奈さんがやりたいと。保護者の同意がないと無理なので今日はバンジージャンプにしておきましたが、この際、同意書をいただきたいです」

「バンジー、ジャンプ？」

晴臣は自分の耳を疑ったように純奈を見たが、純奈はちょっと得意そうに胸を張った。

「……飛びましたよ？」

しばし、変な沈黙があったが、晴臣はぎこちない笑みを浮かべて頷いた。

「……うむ。そうか。よく、やったな。だがスカイダイビングは」

スカイダイビングはやめろ、と制したかったのかもしれないが、純奈が父親をじっと信じる目をして見つめるので、晴臣は急いで方向転換したようだ。

「まあ、何事も経験か。当然タンデムで飛ぶのだろうが、インストラクターはこちらで手配する。信頼のおけるプロフェッショナルをだ」

「ありがとうございます、お父様」

そのときの純奈の笑顔を見て、晴臣は実に眩しそうだった。

〔番外〕千影のお嬢様レポート1

天光院本邸の敷地内には、千影を含む使用人たち山風衆の暮らす家がある。同じ屋根の下で寝起きしているわけではないが、実質的に同居しているようなものだった。

だから千影は日が暮れても純奈の傍に侍っていた。

その夜、純奈はスカイダイビングの日程が決まって、勇輝とまた会える日を楽しみにしながら、彼と電話で話していた。電話が終わったころを見計らって千影がお茶を運んでいくと、純奈は椅子に座ってお気に入りの小説を開いていた。

千影は黙ってテーブルでお茶の用意を始めたが、その手がすぐに止まった。純奈が小説を朗読し始めたからだ。しかもただの朗読ではない。語尾に『にゃん』がついている。

「……お嬢様、それはいったいなんの真似です？」

「にゃん語の練習です」

「……わかるように説明してください」

すると純奈は本を閉じてテーブルに置き、しばし黙考してから云った。

「実は先日、猫ちゃんと軽くお話をしたのです。それを勇輝君に見られてしまって、さっきの電話でそのことに触れたら、とても可愛かったと。ですから、勇輝君が喜ぶかと思って、もう一度やってみようと思ったのです」

——お嬢様が。あの聡明なお嬢様が。

千影は動揺し、どこからどう指摘したものか迷いつつも口を開いた。

「それは最初の一度だから可愛かったのであって、二度も三度もにゃんにゃん言葉で話していたら、呆れられますよ。なにか変化をつけないと。どうせだったら、本物の猫のように振る舞ってみてはいかがですか？」

「なるほど……」

素直に受け容れた様子の純奈を見て、千影は嬉しいような、寂しいような、不思議な感覚を味わっていた。

——勇輝君が喜ぶかと思ってにゃんにゃん言葉の練習ですって？

純奈がこんな変化を示そうとは、先日までは夢にも思わなかった。これがいい変化なのかどうか、千影にはまだ見極められなかったが、純奈に仕えて十数年、こんなに活き活きと色づき始めた彼女は初めて見る。

せっかく咲き出した花を、色が気に入らないと云って摘み取るのはあまりに無情だ。

千影はそう思い、純奈に付き合って明るく云った。

「それでは試しに、私を真田勇輝と思ってなにかやってみてください」

すると純奈は椅子から立ち上がってうきうきと云う。

「では千影、そこに立ってください。そう、ベッドを背にして」

千影は云われた通りにした。すると純奈がぐいぐいと迫ってきて、ちょっと戸惑った隙をつかれ、千影は純奈のふかふかのベッドに押し倒されてしまった。

見上げると、純奈がいたずらっぽく微笑んでいる。

「私がこんなことしたから、驚きましたか？　でも猫ちゃんって、こういうことすると思ったんですよ。ふふふっ」

その楽しそうな笑顔を見ながら、千影は苦笑して云う。

「私を真田勇輝と思ってと申し上げましたが、これを彼にやるのですか？」

すると純奈ははっと目を見開き、千影に覆いかぶさっていたのが立ち上がるとよろめくように後ずさりしてから、真っ赤になった顔を両手で覆ってしまった。

「今のは忘れてください」

「……可愛くなってしまわれましたね」

「えっ？」

「いえ、なんでもありません。お茶にしましょうか。いつも通り、よく眠れるようになるハーブティーですが、ちょっと濃いめに淹れますね。気持ちが落ち着きますよ」

千影は乱れたメイド服の裾を整えると、お茶の用意の途中だったテーブルに向かった。

第二話　箱入りお嬢様は友達がほしい

　五月のある日曜日、午後四時、勇輝と純奈と千影の三人はスカイダイビングを終えた帰りの車のなかにいた。車は千影の叔父・小四郎が運転する黒塗りの高級車だ。先日見た車とはまた別の車で、客室は人が脚を伸ばして寛げるほどのスペースがあり、運転席とは明確に区切られていて、前を覗ける小窓にはレースのカーテンがかかっていた。

　四つの座席が向かい合って配置されており、勇輝から見て右隣に純奈が、正面に千影がいる。乗り心地は非常に快適で、音もしないし揺れもない。窓の外を景色が流れているのでなければ、車に乗っているとは思わないほどだ。

　車に乗り込んだ当初はスカイダイビングの話で持ちきりだったが、やがて話すこともなくなり、今は純奈が例の『冒険ノート』に今日の感想を書いている。純奈は単にやりたいことを書いているだけでなく、それをやった日時や感想なども記していて、ちょっとした日記のようにしていた。

「字、綺麗だよね」

勇輝が純奈の手元を覗き込んでそう褒めると、純奈はちょっと顔を赤らめてノートを自分の胸元に隠した。

「見てはいけませんよ」

「ご、ごめん」

勇輝が慌てて目を逸らすと、純奈はくすりと笑って、座席と座席のあいだのスペースを押した。パネルが動いて、冷えたペットボトルが入っているスペースが見えた。

純奈がそこからお茶を一つ取り出して勇輝に差し出してくる。

「これをどうぞ」

「……車って、冷蔵庫がついてるものだっけ？」

——うちの中古のポンコツとは大違いだ。そしてこのペットボトルのお茶、その辺で売ってるのとはなんか違う。高いやつなんだろうか？

勇輝はそう思いながら礼を云い、お茶に口をつけた。その瞬間、衝撃を受けた。

「このお茶、美味い……！」

こんなお茶が世にあったのかと戦慄している勇輝を、純奈が幸せそうに見ている。

「お口にあったのなら、なによりです」

うんと勇輝が相槌を打ったとき、千影が二人の会話に割り込んできた。

「ところであなたの身辺調査の結果が出ました。東京の下町で自転車屋を経営する母一人子一人の母子家庭。親族なし、借金なし、反社会的組織との繋がりなし、そしてこれといった財産もなし……なので問題はないのですが、いくつか気になる点があります」

「というと？」

「あなたの母親には結婚歴がありませんね。いわゆるシングルマザーです。したがって父親側に関する情報がないのですが……」

「父さんは俺が生まれてすぐ死んだって聞いてる。ていうか、母さんが結婚したことがなかったって、今初めて知ってちょっとびびってるんだけど。それ本当？」

「あなたの母親が、天光院グループの情報部を出し抜けるレベルで、名前から経歴からなにからなにまで丸ごと偽造していない限りは本当です」

「……じゃあ本当だな」

下町の自転車屋の店主にすぎない千華にそんな力があるだろうか？

勇輝が衝撃に打たれていると、千影がちょっと気の毒そうな顔をした。

「まあ、未婚というのは、ばつが悪くて話さなかったのかもしれませんね。それであなたの父親が誰なのかということですが……」

「知らない。聞いてない。俺の母さん、昔のことはなんにも話してくれないんだ。父さんのことも、写真一枚残ってないのさ」

もちろん、勇輝だって自分のルーツが気になったことはある。だが千華に訊ねても、なにも答えてはくれなかった。

――いいかい、勇輝。あんたのことはあたしが立派に育ててやる。だからあんたは、過去なんか気にせず、未来を見据えて生きな。

千華はそう云って、勇輝の過去に繋がる扉を決して開けてはくれなかった。

そのとき、純奈が書く手を止めて云った。

「千影。勇輝君は勇輝君、ですよね？」

「はい。ですが調べないわけにはいかないものですから……」

千影はしどろもどろに答えたが、こほんと咳ばらいをすると居住まいを正して勇輝に目を戻した。

「ま、まあ、今回のは一次調査で、ひとまず問題ありません。クリアです。ただ将来、あなたとお嬢様の仲がもっと進展するようなことがあれば、そのときはもう一度詳しく調べることになるかと思います。そこはご了承ください」

「ああ、わかった」

勇輝は素直に頷いたものの、内心は複雑だった。身内のことで、勇輝も知らなかったようなことを第三者が調べてきたのは、なんとも云えないものがある。

だが千影の方でも、そんな勇輝の想いをくみ取ったらしい。

「不快な思いをさせてすみません。ですがお嬢様と交友関係を持たれる以上は、最低限の身辺調査は必要でした」

「いや、それは俺も受け入れたことだから、気にしなくていいよ……」

晴臣に身辺調査を受けると約束したことを思い出し、勇輝は水に流そうとしたのだが、純奈がじっと千影を見つめている。

千影は、勇輝より純奈を意識したのか、大きく息を吸うとまなじりを決した。

「実は私も親の顔を知りません」

「えっ？」

突然の告白に、勇輝が目をぱちくりさせる。構わず、千影は一方的に語り出した。

「私の母もまた結婚をせず、父親のわからない子を産んだそうです。それが私です。その母も私が一歳のときに亡くなり、私は祖父と叔父に育てられました。祖父が母に関するものをすべて処分してしまったので、私は母の顔を知らないのです。だから私とあなたは、ちょっと境遇が似てますね」

そうやって千影が一息に話し終えると、純奈が目を丸くした。

「まあ、千影。あなたがそれを人に話すなんて……」

「お、お嬢様が私のことをじっと見るからでしょう！　真田勇輝を動揺させたことについてなにか収拾をつけないと許さない、みたいな感じだったじゃないですか」

「それはその、ごめんなさい。まさかあなたがそこまでするとは思わなかったの」

そんな二人のやりとりを聞いていて、勇輝は理解した。

つまりこれは打ち明け話だ。まだ打ち解けていない者同士が、お互いの秘密を明かし合うことで、ちょっとだけ仲良くなるというあの儀式である。

そのとき、千影が悔しそうに勇輝を睨んできた。

「……これでおあいこですよ？」

「ああ、友達だからな」

勇輝が白い歯を見せて笑うと、千影は顔を赤くした。

「か、勘違いしないでください。私は、友達なんて……」

「勇輝君。実は千影って友達がいないんですよ」

「お嬢様！」

純奈の突然の暴露に千影があわてふためいた。勇輝としては、千影に友達がいないというのは、意外なような、そうでもないような新事実である。

純奈はにこにこと微笑みながら続けた。

「だってそうじゃないですか。学校ではいつも私の傍で目を光らせていて、御学友のみなさんも千影には話しかけない。まるで、いないもののように扱っている。一度、そんなあなたを気にかけて、もっとみなさんと打ち解けてみたらどうですかと提案したのに、あなたは拒否しましたね」

「私はお嬢様のメイドですから、それでいいのです。それに私はみなさんより一つ年上ですから、身構えてしまうのでしょう」

「年上？」

勇輝が驚いて口を挟むと、千影は相槌を打って続けた。

「ああ、云ってませんでしたね。私はあなたやお嬢様より一つ年上です。ただお嬢様の守り役を仰せつかっておきながら、お嬢様より一年早く生まれてしまったため、一つ下の学年に移っただけです」

「……そ、そんなことがあるのか？」

「天光院なら普通です」

さらりと云われて絶句している勇輝に、千影はにやりと笑いかけた。

「年上相手に友達だなんて、不遜だとは思いませんか？」

そう云われると、却って負けじ魂が刺激される。なんとしても千影と友達になりたいと思って、勇輝は声をあげた。

「いや、おまえは俺の友達だ。こうなったらもう千影って呼び捨てにする」

「誰がそんなことを許しましたか！　百歩譲って友人だとしても仮友でしょう！」

「仮でも友達は友達なんだから名前呼びでいいじゃないか。千影も俺のことを勇輝って呼んで構わないぜ？」

「そういう問題じゃ……！」

そのまま二人は云い合いを始めて、車が目的地に着くまで騒ぎ続けた。

……。

夕方になった。

純奈はあらかじめ手配してあった天光院グループ傘下のホテルに車で乗り付けると、そこで着替えを済ませて勇輝の前に現れた。今日の主な予定はスカイダイビングで、時間が余ったら街をぶらついてお茶でもということだったが、そのためにスカイダイビングをしたときのスポーティな装いからわざわざスカートに着替え、髪も下ろしたのだ。

——門限があるから、あと一時間くらいしか一緒にいられないのにな。

勇輝がそう思っていると、その心を読んだかのように千影が耳打ちしてきた。

「ほんの短いあいだでも、それに相応しい装いをするのがレディというものです」

それで気持ちを切り替えた勇輝は、純奈に眼差しを据えると云った。

「可愛い姿を見せてくれてありがとう」

すると純奈は嬉しそうに、ぴょんと小さく跳びはねた。

そのあと車の番をする小四郎と別れ、夕方の街をあてもなく歩き出した。勇輝と純奈が二人並んで歩き、そのあとを千影がついてくる。

勇輝は適当な店に入ろうかと思っていたのだが、純奈がノート片手に身を寄せてきた。

「勇輝君、勇輝君」

純奈が勇輝にノートの新しいページを見せた。そこにはこう書かれている。

——私も千影と友達になりたいです。

勇輝はびっくりして立ち止まり、思わず千影を振り返った。怪訝そうな顔をした彼女から純奈に目を戻し、顔を寄せてひそひそと話し始める。

「たしか先日、千影は君との関係を『主従関係』と云ってたよね」

「はい。千影は常に従者として振る舞っています。友達にはなってくれません。でも、さっきの二人を見ていて、実は私も交ざりたかった……です」

まるで恥ずかしい秘密でも打ち明けるようなその赧然とした顔を見て、勇輝は可愛いと思ったが、すぐに我に返って考えた。

「たぶん、一朝一夕にはいかないと思うよ」

たとえ純奈が友情を求めても、千影は『私はお嬢様のメイドであり従者です』と頑固に壁を作るタイプだ。これは本人の職業、生き方、アイデンティティに関わってくるので難しい。勇輝と千影は他人だったから友達宣言で乗り切れたが、純奈の場合はまず主従関係を壊すところから始めなければいけないので、話がまったく違ってくるのだ。

勇輝がそうハードルを高く見上げていると、純奈が悲しそうな顔をした。

「やはり無理でしょうか……」

ああ、無理だ――なんて、口が裂けても云えない。このとき勇輝は純奈のためになんでもやってやろう、どんな不可能でも成し遂げてやろうという、自分でも説明できないエネルギーに突き動かされてかぶりを振った。

「いや、難しいけど、不可能じゃない。俺の経験上、友達の作り方は二つあった。一つは、今日から俺たちは友達だぜ、と云って強引に友達になるパターン。もう一つは、ふと気がつくと友達になっていたパターン。俺はさっき千影に前者のパターンで行ったけど、君と千影は後者の方がいいと思う」

「つまり……」

「友達同士でするようなことを、ちょっとずつ積み重ねていけば、いつか雪や氷が溶けるように千影の態度も和らいで、友情の花が咲くってものさ」

勇輝がちょっと詩的な表現を使うと、純奈は楽しそうな顔で訊ねてきた。

「具体的にはどうしましょうか」

「そうだな……とりあえず、手を繋いで歩いてみるとか」

「わかりました」

純奈は一つ頷いて、勇輝に手を差し出してきた。そのたおやかな手は魅力的だったが、勇輝はどうにか誘惑を振り切って云った。

「あのね、俺は、君と千影が手を繋げばという意味で云ったのであって……」

男と女で手を繋いだら、それは恋人のようになってしまう。晴臣に釘を刺された、友人としての関係を踏み外すことになりかねない。

「でも、これが友達としての行為なのでしょう？」

男と女では意味が違うんだ……と、勇輝は噛んで含めるように諭そうとしたけれど、純奈の期待のこもった眼差しを見て、その目を裏切れないと思った。

「まあ、ちょっとくらいならいいか。遊園地でも手を繋いで歩いちゃったし」

勇輝は顔が熱くなるのを感じながら、純奈の手にそっと自分の手を重ねた。彼女の手には以前も触れたことがあったが、白く、温かく、すべすべとしていた。自分が汗を掻いて、この手を汚してしまったらどうしよう。

一方、純奈はしみじみと云う。

「勇輝君の手って大きいですよね。骨ばっていて、ごつごつしていて……なんだかお父様の手に似ているような気がします」

「男の手はみんな大きいさ」

そして女の子の手は小さいものだと改めて思う。こうして手を繋いでいると、ずっとこのままでいたいような、手が熱くなりすぎてさっさと離してしまいたいような、不思議な気分だ。純奈は違うのだろうかと思って横目で見ると、伏し目がちながらも口元には笑みがあった。

――笑ってる！

自分と手を繋いでいる女の子が嬉しそうに笑っている。そのことに勇輝が感動していると、ついにというべきか、目に角を立てた千影が詰め寄ってきた。

「そろそろよろしいですか。そんな風に手など繋いでいたら恋人同士に見えますので、その辺りにしていただかないと、旦那様への報告事案になるのですが」

半ば夢の世界にいた勇輝は、それでたちまち現実に返ってきた。千影は今にも力ずくで勇輝と純奈を引き離しかねない構えだ。彼女の云い分ももっともだが、勇輝だってなんの考えもなく純奈と手を繋いだわけではない。

勇輝は涼しい顔で千影を見て云った。

「千影、君は恋人繋ぎというものを知らないのか？　恋人同士が手を繋ぐときは、全部の指を絡ませ合ってがっちり繋ぐ。俺と純奈さんのこれは、ごく軽い握手みたいなものだから、恋人同士がするような行為じゃない」

「いや、そんな詭弁で――」

「だから千影も、純奈さんと手を繋いでみたらどうだろう？」

勇輝がそう云った直後、千影がばねを利かせた動きで後ろへ飛びのいた。まるで危うく崖から落ちるところだったと云わんばかりの顔だ。

「いや、私は、お嬢様と、手を繋ぐなんて……」

やはり彼女はこういう反応をするのだ。純奈が千影に友達になってほしいと云ったところで拒絶が先に来るのだろう。少しずつ慣らしていく方がよい。

「……君は純奈さんのボディガードも兼ねてるんだろう？　俺と君の二人で彼女を真ん中に挟んだ方が、安全なんじゃないかな？」

千影の表情の微妙な変化から、彼女が揺らいだのはわかった。だがまだその鉄壁は崩れ

ない。もう一押しがいる。

「それにこの状況を誰かに見られたら、それこそ恋人同士だと誤解されかねないが、三人でやってたら友達同士が遊んでるのかな、と解釈される」

純奈の評判を守るのもメイドの役目ではないか、と勇輝が暗にうったえると、千影が腕組みをして身構えた。

「目的はなんなんですか？」

「仲良くしたいだけだよ」

誰と誰が、とはいちいち云わなかった。千影の視線が純奈に移る。純奈がどんな目で千影を見ていたのかは、勇輝にはわからなかったけれど、その眼差しが本当に最後の一押しになったらしい。

「わかりましたよ」

千影はそう云うと、純奈の左側に立って、自分の右手を差し出した。

「本当に、私などと手を繋いでよろしいので？」

純奈は返事の代わりに、千影の手を取って、三人で歩き出した。

「こうやって手を繋ぐの、小さなころ以来ね」

「あのころは、私もまだ分別がありませんでしたからね」

千影は素っ気なく云ったが、純奈は嬉しそうに千影をじっと見つめている。そこから逃げ出すように、千影は話題を急に変えた。

「そういえば真田勇輝。あなた、母親に貴煌帝を受験する了解は得ましたか？」

「あ、ああ。難関校に挑戦するのはいいことだから、当たって砕けろだって。勉強も見てくれるそうだから、まあ安心かな」

「……塾には行かないんですか？」

「行かない。俺の経験上、下手な教師より母さんの方が百倍優秀だから、母さんに教えてもらった方がいいんだ。見た目がヤンキーみたいで怖そうだし、実際怖いし、ぶっきらぼうだし、普段は自転車やバイクばかりいじってるけど、それでも頭がいい人だから」

勇輝が話してうるちに、千影の顔にはだんだんと不審の色が濃くなっていった。

「それは身贔屓では……？」

「失礼ですよ、千影」

純奈にたしなめられ、千影がちょっと黙った隙をついて、勇輝は云った。

「今までそれで間違いなかったから。実際、これでも成績は学年トップなんだぜ？」

勇輝がそう強弁すると、千影が意外そうな顔をした。

「公立中学で成績トップ……なるほど、貴煌帝を受けると云い出したのは、そういう自信があるからだったんですね。しかし中学一年のときの外部受験組は、みんな外では優秀だったのに、いざ入学すると苦労していましたよ。なかには肩を叩かれて公立中学に編入していった子もいました」

「そうならないように、一年かけてしっかり勉強するさ」

それに我が家には勇輝を塾に通わせる資金がない。千華は勇輝に一種の英才教育を施していたが、日頃、金繰りに苦労しているのはひしひしと感じられた。自宅にあるピアノだって譲ってもらったものなのだ。そういう環境だから、千華を頼りにするしかない。

——配られたカードで勝負する。

勇輝がそう気負っていると、純奈が橋渡しをするように云った。

「あの、今度ノートを貸してあげます」

「あ、それは助かる。本当に」

「ついでに、一緒に勉強しましょう」

勇輝は即答できなかった。自分と一緒に勉強することで、純奈の足を引っ張るようなことになったら、晴臣からなにを云われるかわからない。だがそれも一瞬のことだ。

——俺が頑張ればいいだけのことだ。

「じゃあ、今度一緒に図書館にでも行こうか」

勇輝がそう提案すると、純奈がぱっと輝かせた。

「伝説の、図書館デートですね」

「デート？」

聞き捨てならぬというように千影が口を挟むと、純奈はっとして云い直した。

「図書館……日和？」

「晴れるといいね。でも雨の日に図書館で勉強するの、俺は好きだ」

「わかります」

純奈はちょっと嬉しそうに足取りを弾ませた。

それから三人は自販機の前で足を止め、それぞれ飲み物を買い、それを立ち飲みしながら図書館での勉強について話し合った。

「図書館で一緒に勉強するとして、どこの図書館にしようか」

勇輝の出したバトンを、千影が受け取って答えた。

「あなたの家とお嬢様の家の中間地点にある図書館がいいでしょう」

「千影の家は？」

勇輝は当然、千影の家も考慮しないといけないと思ったのだが、千影は勇輝を小馬鹿にしたように云った。

「私は天光院邸に住み込みです。山風衆は全員、天光院家の敷地内にそれぞれの家を構えているんですよ」

「小さいころはよく千影の家に遊びに行きましたね」

純奈は楽しい思い出を振り返っているときの、あのにこにこした顔をしていた。ともあれ、勇輝はそれならと頷いて云う。

「じゃあ、俺と純奈さんの家の真ん中あたりの図書館で。でもそっちは小四郎さんの運転する車で来るんだろう？　俺は自転車だから、俺の家に近い方にしてくれると助かる」

するとその瞬間、純奈が砂浜に光るなにかを見つけたような目をした。

「自転車……勇輝君の家は、自転車屋なんですよね。やっぱり子供のころからずっと乗ってきたんですか？」

「えっ？　それはもちろんそうさ」

友達のなかでは誰よりも早く補助輪を外して自転車を漕げるようになったと自負している勇輝である。サッカー少年の友達がボールなら、勇輝の友達は自転車だった。今では友達の自転車が故障したときの面倒も見ているくらいで、やれチェーンが外れただの、変速機の調子が悪いだの、タイヤがパンクしただのというときは勇輝が修理している。

「家の仕事も手伝ってるから、自分でバラシから組み立てまでできるようになった」

「……いいですね。私も自転車に乗ってみたいです」

「えっ、乗ったことないの？」

「ありません」

　恥ずかしそうに白状した純奈の尾についてくる千影が云う。

「お嬢様の移動は原則的に車だったので、必要なかったのです」

「あ、でも乗馬の経験はありますよ」

「俺は逆だな。馬に乗ったことがないや……」

　いったい、なんというお嬢様だろう。勇輝が感心するやら呆れるやらしていると、純奈が冒険ノートを取り出し、なにか書きつけてそのページを見せてきた。

　自転車に乗ってみたいです、と書かれている。

　勇輝はくすりと笑って云った。

「じゃあ、図書館に行く前に、自転車の練習してみる？」

「はい」

　純奈は我が意を得たりと、笑って頷いた。

〔番外〕千影のお嬢様レポート2

　それはある休日の朝のことだ。

「千影、今日はパンツを買いに行きましょう」

　純奈に朝の挨拶をしたところ、藪から棒にそう云われて、千影はまず自分の頭がおかしくなったのかと思った。だがすぐに自分の心得違いを悟る。

「それはつまり、アンダーウェアではなくボトムスですね？　いわゆるズボン」

「もちろんそうですよ」

　なにを当たり前のことをと云わんばかりの顔を見て、千影は内心で胸を撫で下ろした。自分の心が汚れていたから別のものを想像したのである。

　それはそれとして、妙だった。

「お嬢様はいつもロングスカートばかりで、パンツの類はほとんど身に着けませんでしたが、いったいどういう風の吹き回し……もしや真田勇輝に関係があるのですか？」

「はい。今度、自転車の練習をする約束をしましたからね。それに勇輝君と初めて会った日、スカートではバンジージャンプができなかったので急遽服屋さんへ行ったのです。勇輝君と付き合っていく以上、これからもそういうことはあるでしょうから、動きやすい服装を揃えた方がいいと思ったのです」

なるほど、純奈のクローゼットにスポーティな服がないわけではないが、コーディネートの幅を増やしたいのだろう。なんのことはない、勇輝のために、おしゃれがしたいのだ。

「承知いたしました。では参りましょう」

こういうわけで、この日は服を買いに百貨店へ行った。純奈が百貨店に直接足を運ぶことは今までなかったが、先日勇輝と一緒に行って以来、もっと見聞を広めたいと思うようになったらしい。

とはいえ、そこは天光院家の御令嬢である。馴染みの百貨店に事前に連絡して、VIP待遇で接客してもらい、次から次へと服を合わせてはどんどん購入を決めていった。

「お嬢様のジーンズ姿って新鮮で、眼福ですね」

ほうとため息をついている視線の先で、インディゴブルーのジーンズを穿いている純奈がふとある場所で足を止めた。

紳士服売り場だった。

「お嬢様、そちらは紳士服ですよ？」

「はい。わかっていますが、なんとなく……」

純奈がハンガーにかかっているスーツのジャケットに触れた。勇輝と出会って以来、好奇心が強くなった純奈である。

千影は控えめに訊ねていた。

「試しに合わせてみますか？」

「いいのでしょうか？」

振り返った純奈の目には期待のひかりがある。やはり興味があるのだろう。

果たして千影は鷹揚に頷いた。

「このくらいの戯れは、かまわないでしょう」

「では、よしなに」

そうして純奈は生まれて初めて、男物のスーツに袖を通した。

そして十数分後、サイズの合うスーツを着て、髪も上げた純奈は、見事な男装の麗人となっていた。千影が思わず膝を屈しそうになったくらいである。

千影だけでなく、居合わせた女性客も色めき立っていた。

——お嬢様が女性に生まれてよかった。男性に生まれていたら、大変なことになっているところでした。

千影はそう心で述べると、純奈を見て微笑んだ。

「とてもよくお似合いです。真田勇輝に見せつけてやりたいくらいですね」

「実は私もそう思っていました」

「では呼びましょうか」

そう云ったときには、千影はもう携帯デバイスを取り出し、勇輝にアプリでメッセージを打ち始めていた。目を丸くした純奈だったけれど、すぐに焦りを滲ませて云う。

「前もっての約束もなく、当日に急に呼ぶなんて迷惑です」

「時間があるなら喜んで来るでしょう、犬のように」

果たして勇輝は犬のようにやってきた。百貨店のラウンジで待ち合わせをし、そこへ飛び込んできたのだが、男装した純奈を見るなり眩しさに目を灼かれたような顔をした。

「俺よりかっこいい」

勇輝がそう手放しで褒めると、純奈はこれでもかとばかりにはにかみ、嬉しがった。千影は見ていられなくて、

「急に呼び出したお詫びにコーヒーでもおごりましょう」

と云って席を立ち、自販機に向かった。

なるべくゆっくり行ってゆっくり戻ってきて、勇輝に缶コーヒーを差し出すと、礼を云

ってそれを一口飲んだ勇輝が、すっかり寛いだ様子で軽口をたたいた。

「いやあ、しかしこれは俺も女装しないといけないな。なーんて、ははは っ」

勇輝は笑っていたが、純奈は真剣そのものといった顔で考え込んだ末に云った。

「ありですね」

「えっ？」

目を丸くした勇輝の前で、純奈が鞄から例の冒険ノートを取り出し、なにか書きつけて勇輝に見せる。そこにはこうあった。

――男装した私と、女装した勇輝君の日。

それを見て絶句している勇輝の肩に千影の手が置かれる。千影には、自分でも笑み崩れているのがどうしようもなくわかった。

「行きましょうか、真田勇輝」

「えっ？　いや、待てよ。俺は冗談で……おい、目がマジじゃないか。やめろ、引っ張るな。俺をどうする気だ！」

「完璧にコーディネートしてあげますよ」

千影は笑いながら、勇輝と純奈を連れて婦人服売り場へと向かうのだった。

その後、男装した純奈と女装した勇輝の記念撮影が行われたとか、行われないとか。

第三話　箱入りお嬢様は自転車に乗りたい

よく晴れたその日、勇輝は自分の自転車と新品のヘルメットを持って広大な運動公園を訪れていた。勇輝の前には、髪をポニーテールに纏めて動きやすい恰好をした純奈と、相変わらずのメイド服を着た千影が立っている。

「じゃあ、とりあえず自転車の各部の働きから説明するけど」

「はい。よろしくお願いします、先生」

　生まれて初めて先生と呼ばれた勇輝は、新しい世界への扉が開きそうな気がしながらも、純奈に自転車のことを一つ一つ説明していった。純奈は自転車を取り回しながらブレーキの利きを確かめたり、変速機を動かしたり、ペダルが漕がれるとどういう仕組みでタイヤが回るのかなどを興味深そうに観察していた。

「気をつけなきゃいけないのは急ブレーキをかけてタイヤがロックしたときだね。前輪がロックするとつんのめるし、後輪がロックすると横に滑る。これはどっちも重大事故につながるから気をつけて。ま、スピードを出さなきゃ平気だけど」

「はい」

純奈は真剣な面持ちで聞いている。

こうした一連の説明が終わると、勇輝は純奈に一度自転車を跨がせてみて、彼女の脚の長さに合わせてサドルを調整した。

「よし。あとは実践あるのみだ。まあ、習うより慣れろだよ」

「はい」

純奈は素直に返事をして、自転車に跨がった。勇輝はそんな彼女にヘルメットをかぶせると後ろに回り込んだが、そのとき姿勢よくこちらを見守っている千影と目があった。

「そういえば、止めないんだな。危ないとかなんとか云われるかと思ったけど……」

「いえ、公園で自転車の練習をする分にはそんなに危なくないでしょう。自転車に乗れて悪いこともありません。むしろ今まで乗れなかったのがおかしいのです」

「そう思うなら、練習させておけばよかったのに」

「お嬢様が自転車を必要とされる機会が今までなかったものですから」

「すごい人生だ」

勇輝は笑って云うと、自転車の後ろに立って荷台を両手で押さえた。

「俺が後ろから支えるから漕いでみて。最初は上手くいかないかもしれないけど、バランス感覚を掴んだらすぐさ。泳ぎと一緒で、一度できるようになったら一生できる」

「わかりました。行きます」

むんと胸を張り、純奈は力強く漕ぎ出した。勇輝を信頼しているのか、怖いのか、後ろは見ない。ペダルを漕ぐ彼女を追いかけるようにして勇輝は走る。意外にまっすぐ安定していたから、勇輝はちょっとだけ手を放してみたが倒れない。

「おお、いいぞ！」

「勇輝君、私、できてるんですか？」

「できてる、できてる！　そのまま行け！」

勇輝は興奮のあまり叫んで、手を放し、自転車を追いかけるのをやめたが、純奈は自転車でまっすぐ進んでいく。

「すごい！　まさかの一発だ！」

ここまで手こずらない人も珍しい、と勇輝が感心していると、千影が勇輝の隣に来た。

「危険なことはするなと云われているだけで、お嬢様は運動神経がいいのです。それなりに体も鍛えてますし、大抵のことはすぐ習得されますよ」

「そうか、さすがだな」

お嬢様という肩書と黒髪の長い外見から儚くお淑やかな印象があり、実際礼儀正しいのだが、それはそれとして運動もできるとは、まさに文武両道だ。

「なにをやってもパーフェクトな御方ですから」

千影が我が事を誇るかのようにそう云ったとき、純奈が初めて狼狽した声をあげた。

「あの！　これ曲がるんですよね？」

「ハンドルを右に！」

勇輝はそう云いながら駆け出していた。いきなり前に進んだものだから興奮してしまってうっかりしていたが、コーナリングやブレーキングに難があるかもしれない。

純奈は云われた通り右に曲がってUターンしてきた。顔がこちらに向く。不安そうな表情だった。

「あの、勇輝君、これどうやって止まるんですか！」

「ブレーキ、ブレーキ！」

「でもタイヤがロックするって」

「大丈夫！　そのスピードでロックするなんてことは絶対にないから！　信じろ！」

勇輝がそう叫びながら駆ける速度をあげたとき、純奈が覚悟を決めた顔をした。

「えーい！」

彼女が両手で思い切りブレーキレバーを握ると、自転車は緩やかに停止した。

「と、止まった」

ほっとした様子の純奈だったが、自転車は前へ進んでいるから二輪でも安定するのだ。それが止まったらどうなるか。

純奈を乗せた自転車がぐらりと傾いだ。そこへ勇輝が割って入り、純奈の体を自分の胸で受け止める。と同時に左右の手でハンドルと荷台を取った。

「足をついて」

「は、い……」

純奈がペダルから地面に足を下ろしたので、勇輝はほっとした。運動神経のよさが逆に仇となって、ブレーキで戸惑うことになるとは思わなかった。

――一回でいきなり乗れちゃうんだもんな。

「大したお嬢様だ」

勇輝がそう褒めても、純奈の反応はない。見れば借りてきた猫のようにおとなしくしている。そのとき勇輝は初めて、純奈が自分の胸に体重を預けているのに気がついた。そして純奈も、勇輝が気づいたことに気づいた。

「あの……」

純奈が声をあげたが、勇輝は喉が石になったようだった。純奈のぬくもりにたちまち胸を締め上げられて、息ができない。そのまま窒息するかと思ったとき、千影がやってきた。

「はい、離れて。密着は三秒まで。それ以上はダメです」

「……なにその三秒ルール」

勇輝はそうぼやいたが、ほっとして一歩下がり、純奈と千影に任せた。危うく心臓がもたないところだったのだ。

そのあと、勇輝は気を取り直して、今度は自分が自転車に跨がった。

「俺が漕ぐから後ろに乗って。ブレーキをかけたり、曲がったりする感覚を掴んでほしい」

本当は二人乗りは駄目なのだが、公園でやる分には問題ないだろう。そう思って勇輝は純奈を後ろに乗せて、八の字を描いて走ったりブレーキをかけたりした。そのあと純奈に交代し、彼女が自転車を自在に乗りこなすようになったのを感心して眺めていると、

「おおい、勇輝！　勇輝だろ？」

聞き覚えのある声に振り返ると、痩せている体に比して太めの服を着ている少年が、いかにもギャルといった感じの派手な少女を連れて歩いてくるところだった。

「ハッシー」

相好を崩した勇輝のもとへ、自転車で純奈が滑り込んできた。さらには千影が眉根を寄せながら寄ってきて云う。

「お知り合いですか？」

「友達とその彼女。彼女の方は、正直顔見知りってくらいであんまりよく知らないけど、男の方はちょっと前まで一緒にバンドを組んでた。こんなところで会うとはな」

勇輝はそれだけ云うと自分から友人のところまで行き、なんとなくノリでハイタッチを交わした。当然だが、友人は純奈たちに興味津々といった様子だ。

「誰？　どっちがおまえの彼女？」

「どっちも友達だよ」

「でも狙ってんだろ！」

大声でそんなこと云われて勇輝がひやひやしていると、自転車から下りた純奈と千影がやってきた。勇輝はひとまず純奈たちに友人を紹介することにした。

「こいつは羽柴和人。前に俺たちがやってたバンドのリードギター。で、そっちの女の子が――」

「あーしは鞠絵。マリーって呼んで。そっちは？」

そのとき、勇輝はぎくりとした。天光院という名前を出したら純奈の素性は向こうにも伝わる。晴臣との約束上、それはまずいのではないか。

――こういうパターンになったときのことを話し合ってなかった。

勇輝は焦り、その唇は凍りついた。しかし千影が如才なく、微笑みさえ浮かべて云う。

「お嬢様はお嬢様ですよ」

「オッケー、お嬢ね。そんであなたはメイドさん」

にっかりと太陽のような笑顔でそう返した鞠絵の反応に、千影は拍子抜けしたように目を見開いた。和人が声をあげて笑う。

「マリー、あだ名が適当すぎ。見たまんまじゃん」

「いいじゃん、別に。わかりやすいし」

そう云って笑っている鞠絵に、勇輝は藪蛇になるかもと思いつつも訊ねずにはいられなかった。

「いいの？　本名とか気にならない？」

「えー？　だって覚えらんないし。てか、あーしも勇輝っちの名字知らないし」

「真田だよ。前に名乗ったでしょ？」

「そうだっけ？　忘れちゃった」

鞠絵は天真爛漫を絵に描いたようにけらけら笑っている。

——適当な子で助かった。

そのあと、勇輝たちは少し立ち話をしたが、やがて鞠絵が喉の渇きをうったえたので飲み物を買いにいくことにした。純奈は鞠絵と話すのが楽しいらしかった。今まで彼女の周りにはいなかったタイプだからだろう。千影は純奈がぼろを出さないように気を配っており、勇輝は和人と話しながら自転車を押して歩いていた。

　コンビニエンスストアに入ってすぐ、鞠絵が「おおーっ」とはしゃいだ声をあげた。

「和人、見て見て。ラムネ売ってる！」

　その言葉に勇輝も驚いたが、見れば本当にラムネ瓶が冷蔵庫に並んでいた。

「コンビニでラムネを取り扱ってるのか……」

　普段はないが、なにかの企画だろうか。はしゃぐ鞠絵と、なにがなんだかわかっていない純奈を尻目に、勇輝と和人はラムネ瓶について店員に訊ねた。空き瓶は店員に渡せばそれで回収となるらしい。

「じゃあ久しぶりに買うか。普段あんまり飲まないしな」

　和人がそう云い、勇輝もそれに相槌を打って五人分のラムネ瓶をレジに通した。

「はい」

　店を出て、勇輝がよく冷えたラムネの瓶を純奈に渡すと、純奈はまるで外国の置物でも受け取ったような、不思議そうな顔をした。その様子を見て勇輝はすぐに察した。

「もしかして、飲んだことない？」

「ありません」

純奈はそう云いながらもラムネの瓶を開けようとしたのだが、蓋を開けたところでビー玉に出くわして面食らっている。いつもなら千影がすぐに助言をするところだが、今回ばかりは千影も自分のラムネ瓶を片手にじっと勇輝を見ていた。

「もしかして、千影も……？」

「すみません、私もわかりません」

「そうか、千影は純奈さんとずっと一緒にいたから、なんだかんだで育ちはいいんだな。そしてこれは庶民の飲み物だったな」

勇輝はしみじみ云うと、自分のラムネ瓶を地面に置いて、純奈たちに説明した。

「この蓋がこういう風に分解するだろ？　で、この突起になってる部分で、瓶の口に詰まってるビー玉に真上から力をかけて、落とす！」

音がしてビー玉が落ちた。純奈たちの顔に理解の色が広がる。二人は早速開栓し、これでやっと飲めると勇輝は思った。隣では和人と鞠絵がもう喉を潤していて、楽しそうに話をしている。

「じゃ、乾杯」

勇輝はそう云って、やっとラムネで喉を潤した。炭酸は最初の一口が美味い。純奈たち

はどうだろうと思ってみると、二人とも怪訝そうな顔をして見合わせていた。

「どうした？」

「飲もうとしたら、なかのビー玉が転がってきて……」

「不良品では……？」

千影は瓶を逆さにしてみたが、瓶のなかのビー玉が転がって内側から栓をしてしまうのを見て、眉をひそめている。

「この瓶、手刀で切っていいですか？」

「駄目だって。なに云ってるの。てか、そんなことできるの？」

「なにー？　お嬢たち、ラムネの飲み方、知らないの？」

純奈たちが悪戦苦闘しているのに気がついたのか、鞠絵が笑いながら割って入ってきて、自分のラムネ瓶で手本を見せた。

「これはねえ、こうやるんだよ。ここのくぼみにビー玉を引っかけるの」

「ここね」

勇輝が純奈のラムネ瓶のくぼんだ箇所を指差した。純奈も千影も、まるで蒙を啓かれたといった様子である。

「そんな謎のテクニックが……」

茫然と口走った千影だったが、飲み方がわかればあとはもう簡単だ。一口飲んで、ほうとため息をつく。

「味はごく普通のサイダーですね。お嬢様、問題なさそうですよ」

それを聞いて純奈も意を決したように口をつけた。彼女がドリンクを飲むために顎を上げると、色白の首筋がやけになまめかしく見えた。液体を飲むときの喉の動きが、首筋にかかった黒髪の一房が、なんとも美しい。

——どの角度から見ても美人だな。

勇輝がほれぼれしていると、瓶から口を離した純奈がいきなりぽろぽろと涙をこぼした。

動顛したのは勇輝だ。

飲んだ。そして泣いた。

「えっ、なに？　ど、ど、どうした？」

「美味しくて感動？」

高い声をあげる鞠絵とは対照的に、和人は渋い顔をしている。

「いや、まずかったんじゃ……」

そうした混乱の果てに、純奈がやっと云う。

「……痛いです」

「い、痛い？　なにが？」

勇輝はラムネに金属片でも混入していたのかと思って純奈が手にしていた瓶を見たが、シュワシュワという炭酸の音を聞いてやっとわかった。

「あっ、もしかして炭酸？　ソーダの泡が痛いの？」

「……はい。喉が痛いです」

純奈はそう云うと俯いた。真珠のような涙が一つ二つと地面に吸い込まれるようにして落ちていく。

「あははははは！　マジウケる！　お嬢、繊細！」

「笑いごとじゃないだろ、マリーちゃん……」

勇輝は渋面を作ったが、鞠絵は気にした様子もなく腹を抱えて笑っているのだった。勇輝は鞠絵を睨むのをやめると、純奈に目を戻した。

「どうする？　やめておくかい？」

「いえ、大丈夫。耐えられます。これも経験ですから、最後まで飲みます」

「よっしゃ！　行け、お嬢！　一気、一気！」

鞠絵がまさかの一気飲みコールを始め、千影が仰のくなか、純奈はふたたびラムネに挑み、そして今度こそは見事に一気飲みしてのけた。

「……ごちそうさまでした」

差し出された空の瓶を、勇輝が黙って受け取ったとき、鞠絵が不思議そうに訊ねた。

「あれ、げっぷは？」

「……しませんよ？」

にこやかに微笑みかける純奈は、このときなぜか迫力があった。

おおう、と鞠絵がたじろいだとき、勇輝はふと香ばしい香りに鼻をくすぐられた。見ると和人の手に、小さなからあげが盛られている紙コップがある。

「えっ？　おまえ、そのからあげどうした？」

「さっき一緒にマリー、マリーが買ったんだよ。小腹が空いたからって。なぜか俺が持たされてるけど。てかマリー、両手がふさがってるから食えないんだが」

和人は右手にラムネ瓶、左手にからあげの盛られた紙コップを持っていて、自分ではからあげを摘まめない。ついでに云うと勇輝も自分のラムネ瓶と純奈から受け取ったラムネ瓶で両手がふさがっていたのでお手上げだった。

鞠絵がくすくす笑う。

「なに？　和人もからあげ食べたいの？」

鞠絵はからあげを指で一つ摘まむと、それを和人の口元に運んでいった。

「はい、あーん」

「あーん」

和人は自然な感じで鞠絵にからあげを食べさせてもらっている。それをすぐ間近で目撃した勇輝は、見ているだけで恥ずかしくなった。

――こいつら、自然にこんなことを！

「……マリーさん、私も一ついただいてもよろしいですか？」

恋人とはこういうものかと羨ましく思っていると、純奈が思い詰めた顔を鞠絵に向けた。

「いーよー」

それを聞いて、まだ口を動かしている和人が紙コップを純奈に差し出した。さらに鞠絵がその紙コップについている爪楊枝を取り出し、袋の口を開けて純奈に向ける。

「はい、爪楊枝どうぞ。あーし、指でいったから新品だよー」

「ありがとうございます。いただきます」

純奈は礼を云ってからあげを爪楊枝で一つ取ると、勇輝をじっと見つめてきた。なにが起ころうとしているのか、勇輝はすぐに悟った。

「え、まさか」

「……やってみますか？」

「……うん」

勇輝が頷くと、純奈は目をきらめかせながら勇輝の顔に手を伸(の)ばしてきた。

「はい、あーん」

勇輝は恥ずかしくて、黙(だま)って口を開いた。そして口のなかに至福の味が広がる。

飲み下すのを待って純奈が訊ねてきた。

「どうです？」

「今まで食べたもののなかで一番美味い！」

勇輝がそう大断言すると、純奈はその場で小さく飛び跳(は)ね、鞠絵がひゅうと口笛を吹いた。千影はなにも云わない。大目に見てくれている。

そのあと店員にみんなでラムネ瓶を返し、和人たちとはこれで別れることになったのだが、その前に鞠絵が携帯デバイスを取り出して云った。

「せっかくだし記念に写真撮(と)ろうよ」

今度ばかりは、千影は刀のように鋭(するど)く云った。

「写真はご遠慮(えんりょ)ください」

さしもの鞠絵も、千影のただならぬ様子に気づいたらしく、戸惑った顔をしている。

「映(は)えるのはNG？」

「NGです」

「映える？」

小首をかしげている純奈をよそに、鞠絵は千影と問答を続けていた。

「でも可愛いし、『いいね』がいっぱいつくよ？」

「それが一番駄目なのです」

「いいね？」

まったく要領を得ないという様子の純奈を見て、和人が勇輝に顔を寄せてきた。

「なあ勇輝。この子ってさあ……」

「本当にいいところのお嬢様なんだ。あんまり詮索しないでほしい」

「……わかったぜ」

和人はそう云うと、鞠絵に顔を向けた。

「おい、マリー。もう行こうぜ！」

だが和人がそう鞠絵に声をかけたときには、もう鞠絵と純奈が額を突き合わせていた。

勇輝と和人が話をしているちょっとのあいだに、純奈は鞠絵からSNSについての話を聞いている。夢中になっているせいか、二人とも和人の声が聞こえていないようだ。

「こういうものがあるんですね。知りませんでした」

「え、やば！　お嬢ってマジお嬢？」

「マジお嬢です」

「お嬢様に変な言葉遣いを教えるのはおやめください」

それを傍で見ていた勇輝は、これはもう写真を撮る流れになるのは避けられないと思い、和人に云った。

「ちょっと外す。十分で戻ってくるから、ここを頼む」

「オーケー」

急いでいるのが伝わったのか、和人はなにも聞かずにただ頷いてくれた。

……。

それからきっかり十分後、勇輝が戻ってきたときも、純奈は鞠絵から今どきの若者がよくやる色々なＳＮＳについてのレクチャーを受けているようだった。遠目に見ると女学生たちがコンビニエンスストア前でお喋りしているという、よくある光景にしか見えない。

だがその傍にいる千影は、あきらかにいらいらしていた。

少し離れたところに立っていた和人が、勇輝を見て微笑んだ。

「おかえり。状況は変わってないぜ」

和人の言葉に「サンキュ」と返した勇輝が純奈に近づいていくと、横から千影が声をかけてきた。

「どこへ行っていたんです？」

「買い物。写真、撮りたいだろうなと思ってさ」

「写真はダメです」

「そのハードルを飛び越えるための、いいものを買ってきたんだ」

勇輝はそう云って、手に持っていた商品——レジ袋は断ったから、テープだけが貼られたものを示すと、千影が目を丸くした。

そのとき純奈が行儀よく背筋を伸ばして、鞠絵に向かって云う。

「色々聞かせてくださって、ありがとうございました。でも私は両親からインターネット上に顔のわかる画像を出してはいけないときつく云われておりますので、やはりご遠慮させていただきたいと思います」

「うはー、お嬢のパパとママ、バチクソ厳しいね。でもすごい、マジで本物のお嬢でしょ。お話ししてたら、上がってきたんですけど」

鞠絵は喜んでいるのか嘆いているのか、見極めのつかない感じで声をあげた。そこへ勇輝がそっと声をかける。

「でも興味はあるんだろう？」

「勇輝君……はい、でも、お云いつけですから」

鋏でなにかを切り落とすように諦めた純奈に、勇輝は手にしていたものをそっと差し出した。純奈の目が軽く見開かれる。

「それはマスク……」

「しかもただのマスクじゃない。猫の口を模した可愛いやつだ」

勇輝から包装されたマスクの袋を受け取った純奈が、裏返したりして、何度もためつすがめつする。

「こういうものがあるんですか？」

「ドンなんちゃらっていう、食料品や衣料品からなにからなにまで扱ってる市民のための量販店があるんだ。パーティグッズも扱ってるから、あると思った。やっぱりあった」

勇輝はそう云うと、もう一枚のマスクを千影に差し出した。

「千影の分」

「真田勇輝……」

うめいた千影に、勇輝は低声で云った。

「晴臣さんは、顔がはっきりわかる写真がダメと云ってた。これならありだろ。マスクしてたら、誰が誰だかわからないって」

「まあ、たしかに……」

　千影がそのように認めると、耳をそばだてていた純奈が明るい顔をした。

「それでは、いいのですか？」

「いいと思いますよ。ただしマスクはちゃんとつけてください。どうせなら写真に加工も施（ほどこ）してしまいましょう。知り合いが見てもわからないくらいに」

「あーし、そういうの上手いよ？　お目目がねえ、でっかくなるの。お嬢はそんなことしなくても綺麗（きれい）な目してるけど、やりすぎると宇宙人みたいになって面白（おもしろ）いよ？」

「う、宇宙人……？」

　目を白黒させる純奈の肩（かた）を抱（だ）いて、鞠絵は早くも自撮りの態勢に入った。

「百聞（ひゃくぶん）は一見（いっけん）に如（し）かずってね。ほら早くマスクして。やっちゃおうよ」

　このときの鞠絵の笑顔は実に頼もしかった。

　そういうわけで、結局今日の記念に五人で写真を撮って、勇輝にはわけがわからないレベルで加工された写真がＳＮＳで公開された。鞠絵と別れたあとも純奈は自分のデバイスで写真を見ていて、ハートマークの『いいね』が増えていくのを見ると子供のように喜んでいた。

〔番　外〕千影のお嬢様レポート3

勇輝と純奈は遊んでばかりいたわけではない。なんといっても勇輝には貴煌帝学院に合格するという大目標がある。勉強会を開くこともよくあった。

今日も今日とて、静かな喫茶店の片隅では、テーブルを囲んだ三人が互いのノートを突き合わせて勉強していた。

実際、勇輝は頭がよかった。公立中学でトップというのは嘘ではないらしい。

「うちの母さんの教え方がいいんだ。見た目がヤンキーだから侮る人も多いんだけど、実際のところ、めちゃくちゃ勉強できるから」

そう誇らしそうに語る勇輝が、両親の顔を知らない千影には羨ましいやら腹立たしいやらである。

純奈がお手洗いに立ったとき、千影はふと訊ねてみた。

「一つ伺ってもいいですか。以前から思っていたのですが、あなたはお嬢様のどこが好きになったのです？」

「えっ？　そんなのわからないよ。言葉では説明できない。でも彼女を見ていると、好きだなあってことが自分ではっきりわかるんだ。以上」

その説明では、千影には納得できないことだった。

「自分の心が、自分で説明できないものなんですか？」

「ああ、できない。ここがこうでこうだから好き、なんて数学みたいに説明できたら、人は恋なんてしないんじゃないか？」

そんな風に云われると、恋をしたことのない千影は黙らざるをえない。

「そういうものですか……私には、わかりませんね」

「千影もいつか誰かを好きになったらわかるよ」

そう云って微笑む勇輝がなんとなく小面憎くて、千影は黙って勇輝の頬を引っ張った。

「痛い！　なんで？」

「さあ、なぜでしょうね」

ふふふと含み笑いをしているうちに純奈が戻ってきた。

それから三十分後、今度は勇輝がお手洗いに行った。そこで千影は先ほど勇輝にした質問を、今度は純奈にぶつけてみた。

「お嬢様は真田勇輝のどこが好きなのですか？」

「えっ、そんなのわかりません。でも、言葉では説明できないのですが、好きだということははっきりわかります。勇輝君を見ていると、私の心がそう感じるのです」

それを聞いて千影は椅子ごとひっくり返るかと思うほど驚いた。

――答えが一致してる！

理由はわからない。でも好き。千影には百年経っても理解できそうにない気がするそんなあやふやな感情で、勇輝と純奈はお互いに強い確信を得ているのだ。

千影が心底不思議に思っていると、純奈が「あっ」と小さく声をあげ、千影に顔を寄せてきた。

「今の言葉、勇輝君には内緒ですよ。返事は、まだずっと先ですからね」

「むろん、心得ております」

純奈の可愛さ、尊さ、愛情を、勇輝にはまだ譲り渡したくない。そんな気持ちで千影は黙って頭を下げた。

やがて勇輝が戻ってきて、純奈と肩を寄せ合い、数学の問題についてあれこれ話し始めた。そんな二人を見ながら千影は思った。相性はいいのかもしれない、と。

第四話　箱入りお嬢様はお母様に御挨拶したい

日を追うにつれ、純奈のノートのページは一枚また一枚と埋まり続けた。あれがやってみたい、これがなんなのか知りたい。それはまさに冒険の記録だった。

箱入りお嬢様だった彼女が遠い図書館まで自転車を漕いでいったし、夏には海へ遊びにいった。

夏祭りの帰りに花火を買って、和人や鞠絵と一緒に火をつけて遊んだ。火薬の匂いや煙が目に沁みる経験などが、純奈には初めてのものだったそうだ。

いつも自由に会えたわけではない。いや、学校が違うのだから会えない日の方が多く、振り返って思い出を数えれば、純奈と会ったのは、夏休みのときを除けば月に五度くらいの頻度だった。

だが会えないときは、純奈が鞠絵から教わったSNSを使って連絡を取った。純奈はときどき、人物の映っていない写真を限定公開で投稿してくれた。そこには勇輝が普通に生きていたら見ることのない上流階級の世界が映っていて、普段の純奈が自分とは違う世界に住んでいることを勇輝に否応なく感じさせた。

ときには純奈のことを忘れることもあった。勉強しなくてはいけないからだ。成績はめきめきと上がり続け、貴煌帝を受けると知って渋い顔をしていた担任も、二学期に入るころには、これならいけると応援してくれるようになった。

そして季節が夏から秋にうつろった、ある日のことだ。

勇輝は普段利用しない雰囲気のあるおしゃれな喫茶店に純奈を誘った。テーブルや椅子が飴色に磨かれた店で、コーヒーの香りに満たされていた。

勇輝たちは三人で円形のテーブルを囲んだ。勇輝から見て右側に純奈、左側に千影がいる。コーヒーに口をつけた勇輝は、世間話を打ち切って切り出した。

「これからは会う頻度を減らしたい」

純奈が愕然と凍りついた。千影もまた、凄い目で勇輝を射貫いてくる。

「真田勇輝。お嬢様のお心を傷つけぬよう、言葉に気をつけて話しなさい」

と、そう凄む千影を片手で制し、純奈が顔を陰らせて云った。

「私、なにか気に障るようなことをしましたか？」

「いや、理由は受験だ。今までは君のことを第一に考えて行動してきたけど、二学期になったし、優先順位を変えたい。貴煌帝を受けるのに今のままじゃ足りない気がする。本気で勉強したいんだ」

だから今日を最後にしばらくは会わないようにしたい。もしかしたら、これが最後になるかもしれない。受験に失敗したら、純奈との関係は清算するのだ。

これは晴臣との約束ではあるが、勇輝自身がそう思っていた。

――同じ学校に通えないなら、真田勇輝がその程度のやつなら、そんな男は天光院のお嬢様に相応しくない。

勇輝はそう思いながら、悲しそうな純奈から目を逸らし、ガラスに映る自分を見た。

純奈のような、月の精霊のごとき美しい少女と、数ヶ月のあいだともに過ごせた。勇輝の周りにも可愛い女の子はたくさんいたが、純奈は一つ次元が違って、これほど美しい少女とこんなに親しくできる機会はもうないだろうと思う。

――楽しかったなあ。

それを最後に、勇輝は思い出に蓋をすると純奈に目を戻した。

「夏が終わっちゃったし、もう遊んでる場合じゃないよ」

「冒険はおしまいですか？」

「ああ、おしまいだ」

勇輝がそう云うと、視界の隅で千影がケーキのフォークを握るのが見えた。その先端がこちらを向いたので、勇輝はひやひやしながら、純奈を見て続けた。

「君と一緒の学校に通って、三年間、過ごしたいからね。冒険の再開は、来年の春だ」

たちまち純奈の顔が、ぱっと輝き華やいだ。

「そう、そうでしたね。そういう約束でした……でも、勉強なら私と一緒にすればいいじゃないですか」

「いや、たまにならいいけど、頻繁だと集中できないから」

──俺が君に会うたび、どんな気持ちになるか知らないだろう。

純奈はとても頭がよく、貸してくれるノートには助けられているし、図書館で一緒に勉強したときはとてもためになった。反面、一緒にいると夢の世界にとらわれそうになってしまう。この大事な時期に勉強が手につかなくなったら困るのだ。純奈に相応しい者になるために、ここががんばりどきなのである。

と、千影がフォークでケーキを切って口元に運び、一口で呑み込んでから云った。

「ちゃんと気持ちを切り替えるための判断ですね」

「ああ、純奈さんと一緒の勉強もいいけど、どうしても甘えたり遊んだりしてしまう。母さんに見てもらった方がいい。厳しいからさ、ちょうどいいんだ」

すると純奈も千影もやっと納得したような顔をした。

「わかりました。では、勇輝君の云う通り……これからは会う頻度を月に一度か二度に減らしましょう。残念ですが、仕方ありませんね」

それから紅茶を一口飲んだ純奈が、がらりと話を変えて云う。

「ところで勇輝君の口から『母さん』という言葉が出てきて思いました。いえ、前からずっと気にかかっていたのですが……私、まだ勇輝君のお母様に御挨拶をしていません」

勇輝は危うく、コーヒーカップをひっくり返すところだった。

「えっ、なんだって？」

「ですから、勇輝君のお母様にきちんと御挨拶をしたいのです」

勇輝は一瞬、あらぬ方に目を逸らし、素早く考えを纏めて云った。

「いや、それはやめておこう。受験の結果がどうなるのかもわからないのに、改まって挨拶なんかされても……」

「落ちるつもりなんですか？」

千影がそう横槍を入れてきて、

「そうじゃない」

と、声を尖らせて返した勇輝に、今度は純奈が云う。

「こんなに頻繁に会っていて、ずいぶん私のわがままにも付き合ってもらってきたのです。

勇輝君だけでなく、お母様にもお礼を云わねば、私の気が澄みません。それに私の場合、お父様やお母様がときどき勇輝君のことを訊ねてきます。勇輝君のお母様は、違うのでしょうか？　自分の子供が普段どんな友達と遊んでいるのか気にならないのでしょうか？」

「そ、それは……」

たしかに一度、千華に探りを入れられたことがある。

——毎週毎週、浮かれてどこへ行くんだい？　遊んでいて合格できるほど、貴煌帝は甘くないよ？

そのとき勇輝は曖昧な返事でごまかしたが、千華が勇輝の素行を気にしていたとしても不思議はない。

「勇輝君のお母様を安心させたいのです」

「まあ、そう云われると断れないか。でもうちの母さん、怖いよ？」

「たとえば？」

「……小学生のとき、友達が俺の家に来て、売り物の自転車に勝手に乗って遊んでたら、首根っこ掴んで引きずりおろして一発ビンタしてた。俺もぶたれた。俺の方が責任が重いからって、俺は二発だった」

「それはあなたとその友達が悪いことをしたからでしょう。礼儀正しく振る舞っていれば問題ないのでは？」

千影にそう斬り込まれ、勇輝はいよいよ逃げ場をなくすのを感じていた。

「勇輝君は会う頻度を減らしたいと云いました。でも、まったく会わないというわけではないのでしょう？　でしたら、機会を作ってください。勉強の邪魔にならないよう留意しますから、ときどきは会いたいです」

会いたいです。

好きな女の子にそう云われて、胸を撃ち貫かれない男がいるだろうか？

しかもとどめとばかりに、純奈はいつも鞄に入れて持ち歩いている例のノート——冒険ノートにペンを走らせ、勇輝に見せてきた。

——勇輝君のお母様に御挨拶がしたいです。

「……わかった。ただ晴臣さんに、天光院のお嬢様と会っていることは、俺の周囲の人間には知られないようにしろと云われている件についてはどうしよう？」

「それについては、お父様に了承を得ます。礼儀に関することですから、きっと理解してくださると信じています。ただ勇輝君のお母様は、口の堅い方でしょうか？」

つまり純奈が千華に挨拶することを晴臣が許したとして、千華が純奈のことをぺらぺら喋ってしまったら問題になると云うことだ。

　だがそれに関しては、勇輝はまったく心配していなかった。

「大丈夫。うちの母さんはヤンキーみたいだけど曲がったことが大嫌いだし、お喋りでもない。ＳＮＳとかもやってないし、外でお酒は絶対飲まない。だから心配しなくていいよ。それと予定はそっちの都合のいい日で大丈夫だと思う。母さん、仕事以外は週一でジムに通ってるのと、月一でバイクを走らせに行く以外はすることがないみたいで、大抵家にいて自転車やバイクをいじってるからさ」

「なんだかそう聞くと、寂しい大人ですね」と、千影。

「云うなよ」

　勇輝は苦虫をかみつぶしたような顔をした。

　千華には、どこか他者を寄せ付けない雰囲気がある。馴染みの客とは打ち解けて話すが、それも客が客として店を訪れているときだけだ。仕事、ジム、バイク、そして勇輝。これが千華のライフスタイルだった。だが勇輝が純奈と出会ってからは、あのコンサートのように親子で休日を過ごすことがめっきりなくなってしまった。もちろん勉強は見てもらっているが、ひたすら厳しく教えられているだけで、親子らしい会話はない。

　今さらながらそこに気づいて、勇輝はやっと純奈の想いに心から同意した。

「そうだな。ちゃんと母さんに、これこれこういう人と友達になって一緒に遊んでますって、云った方がいいよな」

　そこからは本気になって、純奈を千華に引き合わせるための算段を立て始めた。

　秋も深まったある日のことである。

　真田自転車は日曜・祝日定休なので、日曜日の今日は、ガラス戸の向こうにカーテンが下りていた。普段自転車を並べている店先のスペースもがらんとしている。

　そこから細い路地に入って裏手に回ると、一般的な民家と同じく玄関やポストのある顔を見せる。通りに面した側から見ると店の構えだが、路地から見ると民家の構えなのだ。

　勇輝は千華に純奈が来ることは云わなかった。ただ一日中、家にいるという予定を確認したのみである。

　純奈からは前もって連絡があった。車で直接乗りつけると目立ってしまうから、少し離れたところで車を降りて徒歩でやってくるらしい。

　——そろそろ着きます。

　そんなメッセージが届いて数分後の午前十時、家の玄関の呼び鈴が鳴った。

「勇輝、今手が離せないから出ておくれ」

「はい」

云われるまでもなく、勇輝は玄関に向かっていた。扉(とびら)を開けると純奈が行儀よく立っている。

「おはようございます」

「……おはよう」

ついにこの日が来てしまった。千華に挨拶をするため、純奈が勇輝の家にやってきたのだ。念入りに掃除(そうじ)はしたが、純奈から見ると犬小屋のような家ではないか。

純奈の後ろに千影が立っており、彼女(かのじょ)は勇輝一人で出てきたことに小首を傾(かし)げている。

「真田勇輝、あなたのお母様はどちらに？」

「今、自転車いじってる。呼んでくるから、なかに入って少し待っていてほしい」

勇輝はそう云うと家のなかへ引き返し、店側に顔を出した。店内の一角には作業をするためのスペースがあり、そこで千華が客から預かった自転車の修理をしていた。一度全部分解して、パーツの一つ一つを磨き上げるといった念の入れようだ。

「お母さん、お客です」

「誰(だれ)だい？」

千華は作業の手を止めずに訊ねてきた。そのツナギ姿の背中に、勇輝は重ねて云う。

「俺の友達です。お母さんに挨拶したいって」

千華は初めて勇輝を振り返ると眉根を寄せた。

「なんであんたの友達が、あたしに挨拶するんだい？」

「五月から半年ほど、ずっと遊んでいた人がいて、これだけ頻繁に会っているなら顔を見せて安心させたいと……」

「ふうん。そいつは殊勝な心掛けだね。そういう判断ができるだけで別に心配なことはないが、いいよ、会ってやる」

千華は工具を置くと、立ち上がって勇輝のところまでやってきた。もうあとはなるようになれだ。勇輝は覚悟を決めると、千華を連れて短い廊下を通り、裏手の玄関に戻ってきた。下足のところに純奈が一人で立っていた。玄関が狭いせいか、千影は開けたままの扉の外側に控えているようだ。

足音を聞いていたのだろう、純奈は背筋を伸ばして勇輝と千華を出迎えた。純奈と出くわした千華が、まるで幽霊でも見たような顔をする。

「えっ、あんたは……」

「初めまして、天光院純奈と申します。勇輝君にはいつもお世話になっています。今日はお礼と挨拶に伺いました」

「てん、こういん……」

もしかすると千華は、頭のなかで『てんこういん』が『天光院』に結びつかないのかもしれない。だとしても無理はない。あの天光院家のお嬢様が、こんな下町の自転車屋にやってくるなど、ありえないことだからだ。

だが、そのときである。

「失礼いたします」

そう云って、メイド服姿の千影が玄関の戸をくぐって姿を見せた。その瞬間、千華が腰を抜かしたようにその場に尻餅をついた。

天光院を名乗る美少女の隣にメイドが現れたことで、千華のなかで落雷のような理解があったのだろう。勇輝はそう推察しながら、食い入るような目をしている千華に駆け寄って、その腕を取った。

「お母さん、思い出しましたか？　ゴールデンウイークに連れて行ってもらった追悼コンサートのステージで、この二人を見ているはずです」

あのときピアノを演奏する純奈の傍に立って、メイド服姿で楽譜を捲っていたのが千影だった。印象的な光景だったから、きっと憶えているはずだ。

「勇輝、あんた……」

「天光院グループのお嬢様ですよ。ちゃんとしてください」

勇輝はどうにかこうにか千華を立たせると、彼女がもう倒れないようそっと横から支えながら純奈を見た。

それを待って純奈がすまなそうに云う。

「ええと、申し訳ございません。驚かせるつもりではなかったのですが」

「天光院のお嬢様……本当に？」

「はい」

純奈が肯んじると、千華は天井を仰いで打ちのめされているようだった。

「……なんてこった」

それから千華は上半身をねじるようにして、勇輝の肩に額をあてた。

「ちょっと待っておくれ。一回、整理させておくれ。勇輝がちょくちょく会っていたお友達が、天光院のお嬢様だったと、そういうことだね。うん、なるほど……」

そして次の瞬間、千華がいきなり勇輝の胸倉を掴みあげて背後の壁に押し付けた。

「どういうことだい、勇輝？」

「じゅ、順番に、順番に話しますから、落ち着いてください」

勇輝が締め上げられながらもどうにか声を絞り出すと、千華は「ええい」と悪態をつきながら勇輝を解放した。それから、純奈たちを振り返る。

「まあ、とりあえず上がりなよ。あんたたちからも、話を聞かせてもらおうじゃないか」

純奈と千影は顔を見合わせたが、すぐに純奈が一つ頷いて云った。

「それでは、失礼いたします」

それから四人は座敷になっている真田家の居間へと移り、年季の入った卓袱台を囲んで座った。勇輝はあらかじめ座布団を用意していたが、こんな手狭な部屋に、しかも入ってきたのと反対側は自転車売り場になっているようなところに純奈を通して、急に恥ずかしくなった。

「こんなところで申し訳ない」

「いいえ、風情があって素敵です」

お世辞でなく、純奈はきらきらとした興味深そうな目をして辺りを見回した。千影が勇輝にそっと耳打ちしてくる。

「なんともレトロな部屋ですが、お嬢様にとっては新鮮で楽しいと思いますよ」

「そうか。それならよかった……」

勇輝はほっとして、気を取り直すと千華に眼差しを据えた。勇輝から見て右に純奈、左に千影、正面に千華という配置だ。

千華は右脚を立て、膝の上に右腕を乗せると顎をしゃくった。

「それじゃあ説明してもらおうかい。いったい、どういう了見で、こんなことになってるんだい？」

「……お母さん、怒ってますか？」

「いいや」

千華はかぶりを振ると、黙って聞く態勢に入った。そこで勇輝は純奈と出会った日のこと、彼女に交際を申し込んだこと、同じ学校に行くと決めたこと、晴臣と交わした約束のこと、この数ヶ月のことを、三人で話して聞かせた。

一通りのことを聞き終えると、千華は大きなため息をついた。

「話はだいたいわかったよ。なるほどね……」

千華はいつものくせでポケットから煙草を取り出しかけたが、純奈たちがいるのを思い出したのか、それをふたたびポケットに戻し、勇輝を睨みつけた。

「勇輝。あんたが貴煌帝を受けたいと云い出したとき、あたしは喜んだ。なにか大きな夢があって、その夢を叶えるためにいい学校に行く必要があるんだと思ったからね。そしてあんたがいつか夢の話をしてくれるのを楽しみにしてた。でも違ったんだね」

千華の勇輝を見る目が、みるみる冷ややかになっていく。

「勇輝……あんた、自分の進路を、将来を、女で決めたのかい？」

「そ、それは……」

勇輝はたちまち口のなかがからからに渇いていくのを感じた。だがここで沈黙しているわけにはいかない。勇輝は崩していた脚を正座にすると、真剣な目をして云った。

「純奈さんのいる場所に行くために上を目指す。それじゃあ駄目なんですか？」

「じゃあ貴煌帝に合格して、上手いことそのお嬢様と付き合えたとしよう。それで、そのあとは？」

「えっ……」

勇輝が言葉に詰まると、千華は目つきを険しくした。

「情けないやつだね。だから志が低いと云ってるんだよ。いいかい、勇輝。女はね、でかい夢に向かって頑張ってる男が好きなのさ。そういう男を見ると、体が熱くなって、応援したくなっちまうんだよ。ところがあんたにはそれがない。ただ天光院のお嬢様が好きってだけ。そんな男は、つまらないんだよ」

「そんなことはありません」

純奈が気魄とともに割って入ってきた。

　お嬢様、と声をかけた千影を片手で制し、純奈は勇輝が今までに見たこともない満々たる意志をみなぎらせながら云った。

「決して、そんなことはありません。勇輝君は素敵です」

「そりゃ、今はそう見えるだろうさ。勇輝はあんたに世界の歩き方を教えてくれるガイドだ。でもね、あんたが世界を渡り歩くのに勇輝を必要としなくなったとき、あんたは勇輝のことなんかどうでもよくなっちまうんじゃないのかい？」

「なりません……！」

　勇輝は目を瞠っていた。あきらかに今の純奈は怒りを発している。彼女が怒るところなど初めて見た。そして、それは自分の勇輝に対する気持ちを疑われたからなのだ。

　そう思うと、勇輝は心と体がいっぺんに震えた。

「純奈さん」

　勇輝がそう云うと、純奈がはっと我に返った様子で、顔を赤らめて千華に頭を下げた。

「生意気を云って、失礼しました」

「……いや、あたしも少し云いすぎた」

　そうやってお互いに謝り合うと、緊迫していた場の雰囲気が緩み、千影がほっと胸を撫で下ろした。勇輝も、その場で畳の上に倒れ込みたいほどだった。

ふふ、と笑って純奈が云う。

「でもお母様のおっしゃったこともわかります。考えてみれば、私ばかりが勇輝君に助けてもらっていて……私、勇輝君のやりたいこととか、なにも聞いていません。貴煌帝学院に合格することは、夢とは違いますよね。じゃあ、勇輝君の夢ってなんですか？　私、それがなんであっても応援しますよ？」

その問いは、勇輝の急所をついてきた。

勇輝は大いに唸ってから、答えにくそうに云う。

「バンドを組んでたときは、音楽で世界のてっぺんに立ちたいと思ってたけど、解散しちゃったからな……今は正直、わからない」

宇宙飛行士になりたい、F1や飛行機のパイロットになりたい、プロのサッカー選手になりたい……幼少期に思い描いた夢はそんなところだったが、勇輝が選び取ったのは音楽だった。けれどクラシックピアノの世界に背を向けてまで結成したロックバンドは解散してしまった。そして宙ぶらりんのまま、将来はこの自転車屋を継ぐのかと漠然と思っていたときに、純奈に出会ってしまったのだ。

だから、千華の云っていることにも、一理あると勇輝は思っている。

純奈が好きだ。それ以外なにもない男が、果たして輝いて見えるものだろうか？

「がっかりしたかい？」

「いいえ。でもそうだったんですか……勇輝君も、私と同じで道に迷っていたんですね」

　そう云われて、勇輝は初めて自分が迷子だったことに気がついた。そしてその迷子の人生の道標になってくれたのが純奈だったのだ。

「安心してください。今まで勇輝君が私を手伝ってくれたように、私も勇輝君のやりたいこと探しを手伝います。これは私たちの冒険ですから」

「……じゃあ、二人で宝物を探そうか」

「はい。だから絶対、貴煌帝に合格してください」

「……オーケイ」

　勇輝はそう云うと、まるで宣誓でもするかのように右手を前に出し、掌を純奈に向けた。するると純奈がその手に手を重ねてきて、次の瞬間、二人は指を絡ませ合っていた。

　まるで恋人繋ぎのようであり、千影がちょっと卓子に身を乗り出したが、口を挟みはしなかった。その代わりに千華がしみじみと云う。

「ふうん……勇輝、よかったねえ。このお嬢様、もうあんたにぞっこんだよ」

「なっ！」

　勇輝と純奈はたちまち顔を真っ赤にして、お互いの手をひっこめた。そんな二人の様子を見て千華が頭を抱える。

「まいったね、本当。うちの息子なんて、見限ってくれればよかったのにさ。本当、困ったことになったよ……」

そのまま千華が頭を抱えて卓袱台に突っ伏したのを見て、勇輝は愕然とした。

「えっと、あの、お母さん、もしかして俺たちのことに反対なんですか？」

だからわざわざ純奈の前で、冷や水をかけるような話をしたのか。

果たして千華は勇輝を睨んで云った。

「そうだよ。いくらあんたたちが想い合っていたところで、あんたと天光院のお嬢様とじゃ、まるで月とすっぽん、水と油、不倶戴天、伊賀と甲賀、織姫と彦星、ロミオとジュリエット……あとはなんだっけね？　まあ、とにかくやばい。でも反対だって云っても、どうせ聞きやしないんだろう？」

「まあ、そうですね」

勇輝は千華に対して常に恭しい息子だったけれど、純奈のことばかりは云いなりになるつもりはない。

千華もそれはわかっているのだろう、特になにも云わずに純奈に視線を移した。

「あんたのご両親は、勇輝についてどう思ってるんだい？　うちみたいな貧乏な自転車屋の息子が天光院のお嬢様のお相手だなんて、どう考えても不釣り合いだけどね」

「お父様もお母様も、折に触れて様子を訊ねてはきますけれど、今のところ特に賛成とも反対とも……だから、勇輝君のこれから次第ですよ」

純奈がにっこり勇輝に微笑みかけると、勇輝もまた舞い上がって赤くなった。

千華が、もう胸焼けするとばかりに自分の胸元を押さえたが、彼女はそこでやっと、卓袱台の上が寂しいことに気づいたらしい。

「ああ、そういえばお茶も出さずにすまなかったね。淹れよう」

千華が立ち上がると、それに千影がついていった。

「よろしければ、お手伝いいたします」

「いや、いい！」

思いがけないほど強い声に、勇輝はちょっとびっくりした。千影も目を丸くしていたが、彼女は携えていた紙袋をそっと示して続けた。

「渡すのが遅くなりましたが、実はこうして手土産を持参しております。よろしかったらと思って……しかし、台所を勝手に触られるのは不愉快ですか？」

「あ、ああ、そうだよ。自分の台所を他人にいじられたくない。なんだ、わかってるんじゃないか」

「私もメイドとして天光院家の台所をお預かりする身ですからね……お手伝いするだけです。邪魔はいたしませんので」

「そ、そうかい？　そんなに云うなら仕方ないね。それじゃあ、頼むよ……」

そうして千華はぎこちない動きで、千影とともに台所へと姿を消した。ふう、と勇輝は少しばかり気が楽になって、脚を崩すと純奈に笑いかけた。

「なんか、ごめんね。うちの母さんが……」

「いえ、立場の違いというものを意識されたのだと思います。大人ですから」

「そうかもね」

勇輝はしんみりとした気持ちで頷いた。自分が純奈にアプローチをしたのは、世間を知らない子供だったからなのだろうか。大人であれば、貧しい自転車屋の息子の分際で、天光院のお嬢様に手を伸ばそうなどという大それた考えは起こさないものなのか。

「でも、そんな大人にはなりたくないな……いや、母さんのことは尊敬してるけどね。女手一つで俺を育ててくれたわけだから」

勇輝は慌てて云い訳をしたが、純奈はにこにこ笑っていた。

「はい。お母様が色々とおっしゃったのは、すべて勇輝君のことを心配してのことだと思います。でも少し驚きました。勇輝君、お母様に対しては丁寧な言葉を遣うんですね」

「そう教育されたからね」

と、そんな話をしているうちに、千華と千影が戻ってきた。二人が淹れてくれたお茶と、お茶請けの栗羊羹をいただいて寛いでいると、千華が云った。

「ああ、ところでお嬢様。あんたのご両親だけどね、好きな食べ物とか、趣味とか、訊いてもいいかい？」

「そんなこと訊いてどうするんです？」

勇輝がそう口を挟むと、千華が鬱陶しそうに睨んでくる。

「世渡りってやつだよ。知っておけば、なんかの役に立つかもしれないだろ。このお茶請けだってそうじゃないか。栗羊羹って、あたしの好物をどうやって知ったんだい？」

あっ、と勇輝は声をあげて千影を見た。

「そういえば千影、前に訊ねてきたよな。俺の母さんの好きなお菓子について」

「メイドとしてそのくらいの手回しは当然です」

澄まし顔で答えた千影の尾について、千華が得意顔をして云う。

「そういうことさ」

「なるほど、たしかに」

頷いた勇輝の横では、純奈がちょっと嬉しそうにしている。

「では、そうですねえ、まずお父様は……」

純奈はそれから、両親の好きな色や好物、趣味などを色々に語ってくれた。話を聞いていくうちに、勇輝もこれは知っておいて損はないと思った。

純奈の話が終わると、お茶を飲み終えた勇輝は朗（ほが）らかに笑った。

「ありがとう、聞いてよかった。ねえ、お母さん？」

「まあね」

千華は最後の栗羊羹を口に運ぶ直前、しみじみと云った。

「しかし変わらないものだね、人の好みってさ。子供のころから……」

「昔から好きだったのですか、栗羊羹？」

「えっ？　ああ、そうだよ」

純奈の問いにそう答えた千華は、最後の栗羊羹を胃の腑（ふ）へ送ると、立ち上がった。

「ごちそうさん。手土産、美味（うま）かったよ」

「恐（おそ）れ入ります」

千影がそう云って頭を下げ、ついで純奈も一礼した。そんな二人に千華が云う。

「さて。狭い家だが、ゆっくりしていきな。あたしは一仕事片づけちまうからね」

千華はガラスの引き戸を開けると、サンダルを履（は）いて売り場に立った。所狭（ところせま）しと自転車が並んでいるなか、一箇所だけスペースがあり、そこにバラバラに分解されている自転車が置かれている。

千華がその自転車の修理に取り掛かるのを、純奈は興味津々といった目で見つめていた。

勇輝は彼女にそっと声をかけた。

「近くで見てみるかい？」

「はい」

「じゃあ靴を取ってきて」

勇輝は自分の履物が店側にあったが、純奈の靴は裏手の玄関にある。純奈はすぐに自分の靴を取ってくると、勇輝と一緒に売り場に下りて千華に近づいていった。

千影だけが、畳の上に端座したまま純奈を目で追っている。

千華は、勇輝たちが来ると鬱陶しそうな顔をした。

「見世物じゃないよ？」

「ではお手伝いします」

純奈の言葉は、千華はもちろん、勇輝にとっても予想外だった。手を止めた千華が片膝をついた作業中の姿勢のまま、傍に立っている純奈を振り仰いだ。

「なんだって？」

「なんでもやってみようと思いまして。先日は家の庭の手入れも自分でやってみました。母には、庭師の仕事を奪うなとたしなめられましたが……」

それは知らなかった。初耳だ。勇輝の知らないところで、純奈は自分で色々なことを試していたのだ。それが嬉しいような、寂しいような気がしていると、千華が云った。

「こいつは客の自転車だ。素人に触らせるわけにはいかないね」

「そ、そうですか……」

しゅんと項垂れた純奈を見て、勇輝はなんとかしてやりたくなった。たしかに、客からの預かりものである自転車を素人に触らせるわけにはいかないのだが。

「俺はいつも、お母さんの手伝いをして、お客さんの自転車でも修理しています」

「……ふん、そうだね。じゃあ勇輝、あんたが責任もってやりな。そしてそのサポートをお嬢様がってことなら、いいんじゃないか」

千華はそう云うと立ち上がって場所を空け、適当な椅子に座ってこちらを見守る構えに入った。煙草に手を伸ばそうとして、思いとどまったのが目の端に映る。

「抜かりなくやりな。最後にはあたしが検めるけど、取り返しのつかない、でかい傷だけはつけるんじゃないよ?」

「はい」

勇輝はそう返事をすると、成り行きに茫然としている純奈にウインクをした。

「そういうことだ。二人で一緒に、やってみよう」

「……はい！」

純奈は顔を輝かせてそう返事をした。

それから二人で一緒に自転車の修理にかかった。勇輝は手慣れたものである。千華の手伝いをして、家業を支えていたのだから当然だ。そして純奈も呑み込みが早かった。こういうメカニカルなことは苦手かと思ったが、どうしてどうして、するすると土が水を吸うように覚えていく。

あるとき、様子を見守っていた千華が驚愕の面持ちで立ち上がった。

「お嬢様、あんた……！」

「な、なにかいけないことをしましたか？」

手を止めた純奈が怯えた顔をしたが、千華はかぶりを振った。

「いや、逆だ。あんた、自転車いじりの才能があるよ。やっぱり血筋かねえ」

それには勇輝も大いに頷くところだった。

「純奈さんは、なにをやらせても抜群だよね。天光院の血って特別なのかな」

思えば純奈は、一度聴いただけのジャズの曲もすぐに弾けたし、自転車も一回目ですぐに乗れるようになった。成績優秀なのはもちろんだが、儚げな佇まいをしているくせに運動神経は抜群で、スポーツ全般なにをやらせても上手いのはこの数ヶ月でわかっている。そして自転車の修理と組み立てもそつなくこなすのだ。

「私は、そんな……」

純奈が恥ずかしそうにうつむいたそのとき、目を覚まさせるように千華が手を叩いた。

「ほら、手が止まってるよ。がんばりな」

そうして勇輝と純奈の二人は、力をあわせて自転車の修理を終えた。一人、お茶を淹れ直した千影が、湯呑みを両手で包み持ちながらその様子を眺めている。

……。

結局、純奈は勇輝の家に長居したが、日が傾くとさすがに帰るころになった。

開店時には自転車を並べておける店先のスペースは私有地なので、そこに車を駐めることもできたが、高級車がずっと居座っていては目立ってしまう。そこで千影の叔父であり、運転手の小四郎は離れたところで待機していたが、千影が電話をかけると五分で到着するという。

車を待っているあいだ、勇輝たちは玄関に集まって話をしていた。勇輝と純奈は上がり框に座り、千華は廊下に立っている。千影だけは外に出て、車を出迎えにいっていた。

千華が話題に出したのは、すべての始まりとなったあの日のことだ。

「そういえばあの追悼コンサートだけどね、お嬢様、あんたが演奏したのは——」

「亡き王女のためのパヴァーヌ、という曲です」

「そうそう、それそれ。どうしてその曲だったんだい？」

「追悼コンサートのテーマに相応しいと、お母様が勧めてくださいました」

「ふーん、そうかい……あんたの演奏、とてもよかったよ」

「ありがとうございます」

純奈が嬉しそうに頭を下げた。

勇輝はと云うと、コンサートの一幕を思い出していた。

「あのときお母さん、泣いてましたよね？」

「……あれは目にゴミが入っただけだと云ったろう。だいたい、あたしが音楽に感動して涙を流すような女だと思ってるのかい？」

「そうでしたね」

そういうことにしておこうと勇輝は思って、この話題に蓋をした。

そうこうしているうちにも時間は経過していく。

頃合いを見て、純奈が千華にこう切り出した。

「あの、最後に一つお願いがあるのですが、今日私たちと会ったことは誰にも云わないでいただけませんか」

これだけは念押ししておかなくてはならない。勇輝も口元を引き締めて云う。

「純奈さんのお父さんから云われているんです。俺が天光院のお嬢様と会っていることを周りの人間に知られてはいけない、って。でもお母さんにはいつまでも隠しておけないから、許可をいただいて挨拶に来たそうです」

だからもし千華がこのことを云いふらすようなことがあれば、勇輝と純奈の関係自体が危うくなる。だがこれについては、勇輝はさほど心配していなかった。

果たして千華は二つ返事で頷いた。

「ああ、それは任せておくれ。誰にも云わない。約束するよ」

「よかった」

純奈がほっとして笑顔を見せたとき、外から扉が開いて千影が顔を出した。

「お嬢様、お車が参りました」

それで勇輝たちは頷き合うと、玄関から外に出ていった。

車の外には小四郎が立って純奈を待っていた。相変わらずの筋骨隆々とした強面ぶりで、狼のような鋭い目は、さすが千影と血の繋がっているだけのことはある。

だが眼光においては負けていない人が、この場にもう一人いた。千華だ。

勇輝たちのあとに続いて出てきた千華が小四郎と目を合わせた。その瞬間、二人のあいだに稲妻(いなずま)が走ったように感じたのは、勇輝の気のせいだろうか。お互(たが)いの目つきが悪すぎて、昭和の不良だったら『なにガンつけてんだ!』と喧嘩(けんか)になるところだが、実際には、小四郎は丁寧な物腰(ものごし)で一礼した。

「どうも、はじめまして。純奈お嬢様の運転手兼(けん)ボディガードを務めております、山吹(やまぶき)小四郎と申します」

「ああ、こりゃご丁寧にどうも。勇輝の母です。息子がいつもお世話になっています」

ぺこりと一礼した千華に、小四郎は懐(ふところ)から名刺(めいし)入れを取り出した。

「こちら私の名刺です。御令息(ごれいそく)のことでなにかありましたら、いつでもご連絡(れんらく)ください」

「ああ、これはこれはご丁寧に。偉(えら)いもんだ。立派なもんだ。あたしは名刺なんて大層なものは持ちあわせちゃいませんが、店の電話を鳴らしてくれれば対応しますので」

社会人二人が大人のやりとりをしているのを、勇輝が新鮮な気持ちで眺めていると、不意に千華が振り返って純奈を見た。

「じゃあね、お嬢様」

「はい。勇輝君のお母様も、ごきげんよう」

それを最後に純奈は車に乗り込み、窓越しに勇輝に別れの挨拶をすると、去っていった。

勇輝は車が見えなくなるまで見送ったが、千華は先に家のなかに入っている。

勇輝が玄関に入ると、千華がそこで座り込んでしまっていた。勇輝は貧血でも起こしたのかと思って慌てて駆け寄った。

「お母さん、どうしたんです？」

「大丈夫、疲れただけさ」

「疲れた？」

「緊張したんだよ。死ぬほど気を張ってた」

「そんな風には見えませんでしたが……」

「普通に見えるように努力してたの！　あんたのせいで、こっちはもう心臓が痛い。頼むから、こんな風に突然あの子を連れてくるのはやめておくれ……」

「わ、わかりました。すみませんでした。次の機会があれば、事前にちゃんと伝えます」

勇輝はそう謝ると、千華の隣に座って彼女の息が整うのを待っていた。

やがて落ち着いた千華は、乱れた前髪の隙間から勇輝を睨みつけてきた。

「勇輝、もういっぺんだけ云うよ？　あたしは、反対だ」

「身分が違うからですか？　下町の自転車屋の息子じゃ、お嬢様とは釣り合わない？　みんなそう云うかもしれません。それでも俺は努力して、彼女に届きたい。そしてお母さんには、俺を応援してほしい」

勇輝は千華の前にひざまずくと、彼女の目を間近から覗き込んだ。

「反対だなんて、云わないでください。俺を応援してください。世界中の誰もが、俺みたいなやつは純奈さんに相応しくないと云ったのだとしても、お母さんだけは俺を応援してくれないと困ります。だって俺のお母さんなんだから」

ぐ、と千華は唇を噛み、それから白旗を揚げるように笑った。

「そうだね。なにがあっても味方でいてやるのが、母親ってもんか……ああ、なら仕方ないね。でもあんた、これから大変だよ？」

「どんな困難だって乗り越えてみせます」

勇輝は獅子を倒して、その牙を引っこ抜いてやるような気持ちでそう云った。

〔番外〕千影のお嬢様レポート4

純奈に幼いころピアノを教えていたのは母親だったが、七歳になったときに外部から新たに講師を迎えた。信頼のおける女性ピアニストだったが、気難しい芸術家肌で、ピアノのレッスンの際は、千影は純奈の部屋から退室させられていた。音楽に関わりない者は邪魔だから、というのがその理由である。

その日、レッスンが終わったあと、千影はいつものように講師の女性を屋敷の門前まで見送った。門の外へ出たところで、彼女が振り返って云う。

「彼女、恋をしてるだろう」

いきなり突き刺すように云われて、千影は絶句した。だがその表情が、なによりも答えを雄弁に物語ってしまっている。つまりしてやられたのだ。

講師の女性がにやにやと笑って云う。

「出会ったころのお嬢様は、まだほんの子供で、天真爛漫に音楽を奏でていたが、いつからか上手なだけのつまらんピアニストに成り下がってしまっていたんだ。それが最近は、なんかいい。これは男だな、と思ったよ。そうだろう？」

「……お答えいたしかねます」

「だろうな。天光院だもの」

　講師はくつくつ笑うとそびらを返した。

「その気持ちを大切に育みながら弾きなさいと伝えてくれ」

　そう云い残して去っていった講師を、頭を下げて見送った千影は、自分で云えばいいのにと思いながらも純奈の部屋へ向かった。

　廊下を進み、純奈の部屋に近づいていくとピアノの音色が聞こえてきた。ノックをせず、そっと扉を開けると、音楽が溢れ返った。

　その瞬間、千影は音楽に抱きしめられたような不思議な感覚に包まれ、そのまま純奈が曲を弾き終えるまで待った。

　演奏を終えた純奈が、楽譜に目を注いだまま云う。

「千影、いつまでもそこに立っていないで入ってきなさい」

　――お気づきでしたか。

　千影はそう思いつつ室内に入って扉を閉めると、単刀直入に切り出した。

「お嬢様、今さらなんですけど、本当に真田勇輝に恋をしてしまわれたのですね」

すると純奈はぽっと顔を赤く染めた。

「な、なんですか、突然、そんな、恥ずかしいことを」

純奈はみるみる赤くなっていき、自分の頬の熱を冷ますように手で仰いだ。

ふふ、と千影は笑って云う。

「先生がお見送りの際におっしゃったんですよ。恋をして演奏がよくなった、その気持ちを大切に育みながら弾きなさい、と」

「あ、あの厳しい先生が、そんなことを……」

信じられないとばかりに目を見開いた純奈に、千影は相槌を返した。

「たしかに今日の演奏は、今までとどこか違いました。私には音楽の素養がないので、どこがどうとは申せませんが、とにかく素敵でしたよ」

そしてそう話す千影も、自分のなかでなにかが完全に切り替わっているのに気がついた。勇輝に純奈の心を奪われて悔しいという気持ちが、柔らかくほどけていく。

千影ははにかんでいる純奈に近づいて云った。

「少しよろしいですか？」

「あら、弾くの？」

純奈が椅子から腰を上げると、千影は入れ替わりに座った。実は千影も簡単な曲であればピアノが弾けるのだ。自分には適性がないと悟って早々にやめてしまったが、伊達に純奈のお供をして音楽に触れていたわけではない。

「久しぶりですから、失敗するかもしれませんが」

そう前置きして千影は鍵盤に手を置いた。

ハッピーバースデー・トゥー・ユー。

世界で一番有名な誕生日の音楽が、純奈の部屋に響き渡る。

手を膝の上に戻した千影は、ケーキの蝋燭を吹き消すような気持ちで云った。

「真田勇輝とのこと、本当は厭だったのです。でも、これからは応援しますよ」

「ありがとう。私もこんな風に、勇輝君のためになにか演奏できたらいいのだけど……」

「ゆっくりお考えください。お茶を淹れましょう。今日は緑茶をベースにしたハーブティーを用意しています。気分を変えたら、いいアイディアが思いつくかもしれませんよ」

第五話　クリスマスの一夜

あれから勇輝は宣言通り、純奈と会う頻度を減らして、そのぶん勉強に打ち込んだ。どれだけ勉強しても、ほかの受験生たちが勇輝を上回る成績を叩き出したら落ちるのが試験というものだ。だから後悔しないためにも、勇輝は真剣だった。駄目だったときに、もっと勉強しておけばよかった、などと自分の努力不足を憾みたくはない。

——やるだけやって駄目なら、諦めもつくさ。

純奈や千影の前では強気に振る舞っていた勇輝だったけれど、正直なところわからなかった。自分がどの程度の人間なのか、最高峰の難関校である貴煌帝学院に受かるだけの力があるのか。出口の見えない闇に向かって挑んでいく。

そうして季節は秋から冬に移り変わった。

世間がクリスマスで浮かれるころになると、勇輝はなんとなく純奈に会いたくなった。クリスマスの夜を彼女と一緒に過ごしたいと思ってしまった。

それで十二月のある日の晩、寝る前に純奈と電話で話をしているときに、そんな話をすると、純奈も笑いを含んだ声で云う。

「私もクリスマスに勇輝君と会いたいですよ？」

ベッドに寝転び、天井を見上げながら電話をしていた勇輝は、たちまち顔が熱くなるのを感じた。しかも純奈の声にはそこはかとない期待があった。

自分を連れ出してほしい、と。

「じゃあ、会うかい？」

「……いえ、ごめんなさい。それはできません。毎年イブには家の行事があるんです。お世話になっている方々をゲストハウスに招いて、パーティを開くんですよ。私は父や母にくっついているだけですが、顔を見せないわけにはいきません」

「そっか。じゃあ、仕方ないな」

天光院家の行事を邪魔しないというのは、晴臣との約束の一つだ。これを真っ向から破れば、どうなるかは想像に難くない。

「わかった。これはきちんと勉強しろってことだな」

「そうかもしれませんね」

そんな話をして、その晩は終わりだった。

だがクリスマスが近づくにつれて、勇輝のなかで純奈に会いたい気持ちが高まっていった。そしてクリスマス・イブ当日の夕方、勇輝は身を切るような風のなか、自転車を漕いで天光院家に向かっていた。

　連絡先を交換した時点で、純奈の自宅の住所は教えてもらっている。だが訪問することは許されていなかった。まだそんな関係ではないからだ。

　けれど勇輝は今、その天光院の屋敷に向かって自転車を漕いでいた。なにも本当に純奈に会えるとは思っていない。彼女を連れ出そうなどという企みもない。ただ近くにいたかったし、今日という日になにか行動したかった。

　――意味なんかないんだ。理屈もいらない。俺は、無駄足を踏みたがってる。

　純奈の近くまで行って、彼女に会わずに帰ってくる。手ぶらで、一人で、無意味に。それがわかっていて、勇輝は冬の風に逆らって自転車を漕いでいた。クリスマスとは、実に特別な、恋する少年に魔法をかける一日なのだ。

　そして純奈の家まであと一キロというところで、携帯デバイスが鳴った。自転車を停めて出てみると千影だった。

「真田勇輝、あなた天光院家に向かっていますね」

　千影は挨拶もなくいきなり本題に入った。ちなみに云うまでもないが、勇輝の携帯デバイスは千影、ひいては天光院側によって位置情報を追跡できる設定になっている。これも純奈と会う上での条件の一つだ。千影は勇輝の位置情報を見て、天光院の邸宅に近づいていることを知ったのだろう、こうして警告の電話をよこしたというわけだ。

「どうして勉強してないんですか。聞いていると思いますが、今夜、お嬢様は旦那様たちとともにパーティに出席なさいます。会うことはできませんよ？」

「わかっている。わかっているけど、なぜか自転車で飛び出していた。でも本当に会えないんだろうか？」

「無理ですね。だいたい恋人でもないのにクリスマスに会おうなんていうのが図々しいんです。帰って勉強しなさい」

勇輝は『はい』とは云えなかった。千影の方が正しいのはわかっているが、クリスマスの魔法が勇輝に二の足を踏ませている。と、電話の向こうでため息がした。

「お嬢様と会う頻度を減らしたいと云い出したのは、あなたですよ？」

「そうだけど、でも今日は特別じゃないか」

するとたっぷり十秒ほどの沈黙があってから、千影がこう云った。

「お嬢様と引き合わせるのは不可能ですが、私の指示に従うなら悪いようにはしません」

扉が開いた。その喜びに勇輝は寒さも吹き飛ぶ情熱を覚えて、顔を輝かせた。

「ありがとう！」

それから勇輝は千影に指示された場所へとやってきた。それがどうも聞いていた純奈の家とは違う。だが高い塀に囲まれた立派なお屋敷だった。正面には車が乗りつけて、ドレスアップした紳士淑女が館に入っていくのだが、勇輝は裏手の人目につかぬところで自転車に跨がって待っていた。

もうすっかり日が暮れてしまっている。墨色の夜空の下、冷気が服の隙間から忍び込んでくる。実に冬らしい夜だった。

「……お待たせしました」

メイド服姿の千影が姿を見せると、勇輝はほっとして自転車から下りて、さっきから気になっていたことをまず訊ねた。

「この家は？　見たところパーティでもやってそうな雰囲気だけど、純奈さんの家はここじゃない……よね？」

「ゲストハウスでパーティを開くという話は聞いていないのですか？」

千影に反問されると、勇輝はますますわからなくなった。たしかに純奈はゲストハウスに客を招くと云っていたが、それはゲストを家に招くということではないのか。

と、そんな勇輝の勘違いに気づいたか、千影は噛んで含めるように云った。

「真田勇輝、本邸とゲストハウスは違うのですよ。本邸とはいわゆる自宅です。一方でゲストハウスとは、お客様をお招きしてパーティなどの催しをするための専用の館です。一般の家庭では来客を通す応接間があると思うのですが、あれの建物版です」

「えっ、家が一軒丸ごと応接用ってこと？」

「そうです。それを全員、天光院家ともなると、公私両面で交友関係のある人物はとてつもない数に上ります。それを全員、自宅に招いていたら色々とリスクがあるので、お客様をお迎えする専用の館を別に建てたのです。宿泊の用意も整っていて、お客様のお帰りが遅くなった場合はそのまま泊まっていただけます。これも本邸だったらできないことです」

千影の説明を聞いて、勇輝は彼女の背後にそびえる巨大な館を仰ぎ見た。これが自宅ではなく来客をもてなすための家だと云う。

「ご、豪儀だなあ……」

客のために家を建てる。天光院家が多くの面で桁違いなのは純奈との数ヶ月でわかっていたが、またしてもショックに打ちのめされてしまった。

茫然としている勇輝に千影が云う。

「あなたが近くに来ていることはお嬢様にお伝えしました。でもやはりお会いになることはできません。ただお嬢様からあなたにクリスマスプレゼントがあるそうです。それを受け取ったら、お帰り下さい」

うん、と返事をしてから、勇輝ははっとなって青ざめた。

「しまった。急に会いたくなっていきなり来たから、プレゼントは用意してない」

すると千影は目を丸くして、それから肩を揺すって笑い出した。

「ふふふふふっ」

「……なんだよ」

「いいえ、失礼。まあ、いいんじゃないですか。お返しはまたの機会で。来年があったら、お嬢様をたくさん喜ばせてあげてください」

「そうだな。俺たちに、来年のクリスマスがあったらいいよな」

まるで他人事のように云ってしまうと、千影が笑みを消して、じっと勇輝を見てきた。

勇輝もまたたちまち神妙になって、夜の闇のなかで千影を見つめた。

彼女があんまり黙っているので、勇輝の方から口を切った。

「どうした。なにか云いたいことでもあるのか？」

「……実は、あなたの熱意に水を注してはいけないと思って、ずっと黙っていたことがあるんです。この際、訊いてもいいですか？」

「ああ、いいよ」

勇輝が頷くと、千影は冷たい声で云った。

「あなたはただ勉強ができるというだけで、貴煌帝学院に合格できると、本気で思っているのですか？　上流階級の子弟が通う学校ですよ？」

勇輝はぎゅっと拳を握り、口元には笑みを浮かべた。

「……わかっていたさ。学力以外も審査されるって。学費のことも、本当はわかっているんだ。でも俺の家が自転車屋だってことは変わらない。やるだけやるしかないだろう？」

「そうですね。ずば抜けて優秀なら、貴煌帝は門戸を開きますから」

「ほ、本当か？」

思いがけず示された希望に、千影は大きく頷いた。

「ずばり首席合格を狙いなさい」

「首席……」

さすがに唇が凍りつくような思いだった。しかし千影は容赦がない。

「あなたには、それしか道がありません。首席の学生を、家柄を理由に落としたとあっては貴煌帝学院の体面に関わりますし、教師陣からあなたを惜しんで擁護する声があがるはず。しかし首席でないなら、家柄を理由に落とされます。たとえ次席であったとしてもです。一番と二番で運命が分かれると思って、一番になってください」

「トップ、か……」

「そうです。今日までお嬢様と一緒にあなたの勉強に付き合ってきて思いました。あなたは学力だけなら既に合格ラインに達しています。貴煌帝の生徒と比較しても遜色ありません。あなたが良家の息子ならまず間違いなく合格できるでしょう。しかし家柄の不利をはねのけて合格するためには、トップです」

恐れていたことが現実になった。ハードルを一番高くに設定されてしまった。だが小さな自転車屋の息子が貴煌帝学院に入るということは、そういうことなのだ。ちょっと優秀なだけでは純奈の隣に立てない。ずば抜けていなければ。

「以前、初めて会った日、私が『私たちとお嬢様とでは住む世界が違う』と云ったら、あなたは粋がって、生意気にも『同じ天地の狭間に生きている』などと返しましたね。今、あの言葉があなた自身に返ってきたんですよ。あなたは己の実力で、お嬢様と同じ場所に立てることを証明しなくてはなりません。理想を唱えるのは結構ですが、誰もあなたの代わりにその理想を叶えてはくれないのです。あなたが自分でやるしか、ないんですよ?」

「……だろうな」

首席合格。それ以外はない。遠い彼方の目標を弓矢で射落とすようなことを、成し遂げねばならぬのだ。

勇輝がひたすらに戦慄していると、それを見かねてか、千影がすべてを笑い飛ばすように云った。

「まあそういうわけですから、早く家に帰って勉強してください」

それでやっと勇輝も肩の力が抜けて、笑いを含んだ声で云う。

「プレゼントを貰ったらそうするよ。それでプレゼントって？」

「それはあとのお楽しみです。しばらく時間がかかりますが、待っていられますか？　今夜はかなり冷えますが」

「平気さ」

勇輝はダウンジャケットの暖かさを頼もしく感じながら頷いた。

「では、のちほど電話します。警備員に見咎められたら面倒なので、あまりうろうろしないでくださいね。ところで――」

千影はそこで言葉を切ると、勇輝をしげしげと見つめてきた。

「どうかしたのか？」

顔になにかついているだろうかと勇輝が思った、そのときである。

「パーンチ」

突然、千影が勇輝に向かって拳を放った。それが勇輝の顔の一センチ手前でぴたりと止まる。いつぞやの再現だが、あまりのことに勇輝は息を呑んだ。一方、千影は納得したようにうんうんと頷いている。

「やはり背が伸びましたね。あのときとはパンチの角度が少し違います」

「……成長期だからな」

それにしても、なんと物騒な測定の仕方をするのだろう。勇輝が鼻先にある千影の拳をおっかなそうに押しのけると、千影は白い息とともに笑った。

「失礼しました。お詫びにパーティでのお嬢様の華やかなドレス姿を、写真に収めて、今度見せてあげますよ」

「そいつは楽しみだ」

「それでは、しばしお待ち下さい」

そう云って、千影は波にさらわれるようにしてその場を離れ、館の裏口に姿を消した。

「やれやれ」

一人残された勇輝は、自転車に跨がって待つことにした。座っているので足は楽だが、いかんせん寒い。動いた方が暖かいとは思うのだが、警備員に目をつけられないようにと千影に念押しされている。

「ふう」

勇輝は自転車の上で体を揺すって待った。五分おきに携帯デバイスを見るのだが着信はない。SNSで呼びかけてみたが既読もつかない。音信不通のまま、ひたすら待つ。

暇だったので友人のSNSなどにも目を通してみた。和人と鞠絵はイルミネーションを見にいっているそうだ。きらびやかな景色を背景に、二人の手でハートを作っている和人たちを見て、勇輝は心底羨ましかった。

――そうだよな。クリスマスのカップルならこれが普通だよな。いや、俺と純奈さんはカップルじゃないけど。

「なにやってるんだろうな、俺は。勉強しないといけないのに」

白い息とともにそう呟いたとき、勇輝は目の前を白い花びらが舞い落ちるのを見た。いや、花びらではない。

「雪だ」

見上げれば、夜空から雪が降ってきた。幸いダウンジャケットにはフードがついていたので、勇輝はそれを下ろして、なお待った。フードや自転車のフレームに白い雪が降り積もっていく。勇輝もそうだが、自転車もだいぶ冷えているだろう。

――帰り道がやばいな。どうしよう。

雪の降る夜に自転車は漕ぎたくない。駐輪場に預けて電車で帰るのが無難だろうか。それにしてもどうして自分は天気予報を見なかったのだろう。

後悔しても、雪はしんしんと降る。黒いダウンジャケットが白に染まっていく。

——我が物と、思えば軽し、笠の雪。

勇輝がわけもなく心で古い句を詠んだそのとき、ついに待ち望んだ着信が来た。千影だ。

勇輝はフードを後ろに落とすと、かじかむ指でデバイスを操作し、耳にあてた。

「もしもし？」

「お待たせしました。今こちらはパーティの真っ最中なのですが、今からお嬢様が一曲、ピアノを演奏されます」

「ピアノ？」

「予定になかったのですが、適当な理由をつけて、急遽やることになったんですよ。誰かさんのせいでね」

「そうか。プレゼントって、音楽のことか」

直接会うことが叶わない以上、千影を介して物を渡したところで寂しい。そこへいくと音楽ならば、純奈の想いが、勇輝に届く。

「……今まであなたは、お嬢様のために色々と骨を折ってくれました。これくらいのご褒美はあってもいいと、私も思いますよ」

「千影がそんな風に云ってくれるなんてな……」

「仮友ですからね」

　笑いを含んだ声で云った千影が、そのとき真面目な雰囲気に戻った。

「そろそろです。私は通話をつなげたままにして、何食わぬ顔でお嬢様の近くに行きますので、あなたにも聞こえるはずですよ。黙って聴いていてくださいね」

「わかった」

「それでは」

　それっきり千影の声はしなくなった。だが人々のざわめきが聞こえる。それが急に静かになったかと思うと、晴臣の声がした。娘が一曲披露するので聴いてほしいと、そんなことを話している。

　そして長い沈黙のあと、闇の向こうからピアノの音色が届いた。

　二秒で、勇輝にはそれがなんの曲かわかった。

「愛の挨拶だ……」

　イギリスの音楽家エドワード・エルガーによる『愛の挨拶』は、八歳年上の婚約者アリスに捧げられた、婚約記念の曲だ。当時の若きエルガーはまだ無名であり、アリスは名家の娘だった。アリスの親族は二人の結婚に反対した。年齢も階級も下の男との結婚など認められなかったのだ。そのためアリスは勘当されたが、のちにエルガーは『威風堂々』などで知られる大作曲家となり、アリスは生涯、夫を傍で支え続けたと云う。
つまりこれは身分違いの二人が愛を成就させたときの曲なのだ。
どんな音楽にもそれが生まれたときの物語がある。勇輝ですら知っているこの物語を、
純奈が知らないはずはない。
短いピアノの演奏が終わったとき、勇輝は雪の降る夜空を仰いでいた。
あれだけ冷たかった雪が、今はとても温かい。

〔番　外〕千影のお嬢様レポート5

元日の深夜零時、真田自転車の裏手に、小四郎の運転する黒塗りの高級車が駐まった。

到着を確認した千影は、純奈に見つめられながら勇輝に電話をかける。起きているかどうかは賭けだったが、幸い電話はすぐにつながった。

「真田勇輝、今なにをしてますか？」

「母さんと二人でテレビの前で年越しして、今はもう寝るところだよ。そっちこそ何時だと思ってるんだ。いくら年が明けたからって、深夜零時台だぞ？」

「緊急なんです。ちょっと家の外に出てこられますか？　今、来てるんですけど」

「……純奈さんも？」

「もちろん」

「三分で支度していく」

そうして三分後、メイド服の上にファー付きのダウンコートを纏った千影は勇輝と対面していた。

「こんばんは。急に来てごめんなさい。母親にはなにか云われませんでしたか？」

「母さん、テレビの前で一人で酒盛りしてたから、そっと出てきたよ」

千影はくすりと笑って頷くと、車のドアを開けた。そこから、華やかな晴れ着姿の純奈が姿を現して、勇輝は初日の出が昇ったような明るい顔をした。

「勇輝君、あけましておめでとうございます」

「お、おめでとう。でも、どうして……？　正月は家の都合でめちゃくちゃ忙しいから会えないって話だったよね？」

天光院家の令嬢たる純奈には、両親について新年の挨拶回りやら家の行事やらで正月の予定がすべて埋まっており、勇輝にはまったく会えないということだった。

それが突然の来訪である。

嬉しさと驚きに包まれている勇輝に千影は云った。

「その通りです。明日の朝になれば、それはもう大変な忙しさで、お嬢様に自由な時間はありません。しかし深夜零時のこの瞬間であれば、ほんのいっとき、あなたに会えると、お嬢様はお気づきになったのです。それで強行してきました」

「マジか！　でも門限は？　こんな時間に出てきて、本当にいいの？」

「お父様のお許しは得ました。ですが、急いで戻らなくてはなりません」

「お嬢様が、この晴れ着姿を一番にあなたに見せたいと、ただそれだけで来たのです。ありがたく目に灼きつけなさい」

千影がそう云ったときには、勇輝はもう純奈に駆け寄って、その手をそっと包み持っていた。以前の千影なら引き離そうとしていたところだが、今はもう見ないふりをしてしまう自分がいる。

勇輝は気遣わしげな顔をして云った。

「寒いだろう」

「いいえ、温かいです」

そのまま、二人はもうなんにも云うことがなくなってしまったようだ。だがいつまでも二人を放っておくことはできない。

「では帰りましょう、お嬢様。明日は、早うございます」

「いや、待った。近くに、ちっちゃいお稲荷さんがあるけど、一緒に行く？」

勇輝の提案に、運転席から様子を窺っていた小四郎が、窓から顔を出して云った。

「そこまで何分だ？」

「歩いて五分もかからないところですよ」

千影と小四郎が顔を見合わせ、小四郎が一つ頷いた。

「車で送る。すべての用事を五分で済ませろ」

そうしてやってきたのは、民家と民家のあいだに挟まれた、鳥居と社と賽銭箱があるだけの、本当に小さな神社だった。日本のどこにでもある、管理者の常駐していない、地元の人間にしか存在を知られていないような場所だ。

千影の見守る先で、境内に足を踏み入れた純奈が、物珍しそうに辺りを見回した。

「実は、この時間に出歩くのは初めてなのです」

「そうだろうね」

「聞いた話では、元日の神社は深夜零時から大勢の人で賑わうと聞いていたのですが、ここには誰もいませんね」

「そりゃ、みんなもっと大きなところに行くもの。こんな下町の、住宅街にある小さいお社を初詣に選ぶなんて、俺たちしかいない」

勇輝はくすくす笑っていたが、純奈は少しばかり残念そうだ。

「本当だったら、元旦に一緒に神宮に詣でて、お参りしたり、おみくじを引いたりするもの……ですよね？」

「うん。でもこれはこれで、なんだか思い出になりそうだ。正月を一緒に過ごすのは諦めていたから、すごくうれしい。俺はこんな恰好だけど」

純奈がせっかく晴着姿なのに、勇輝ときたらスウェットの上にダウンジャケットを羽織ってきただけだ。だがそれは事前の連絡もなくいきなり来た自分たちが悪い。

「……どうせなら、紋付き袴姿でお嬢様と並んで記念撮影でもしたらよかったですね」

千影がそう口を挟むと、勇輝はもっともだとばかりに頷いた。

一方、純奈は勇輝の恰好など気にした様子もない。

「でも、私は今夜の勇輝君をずっと憶えていますよ」

それで勇輝が幸せそうに目を細める。そのまま勇輝たちがまた二人だけの世界に足を踏み入れそうだったので、千影は寒いのと時間がないのとで、さすがに声を尖らせた。

「早く帰りたいので、さっさとお参りしてください。旦那様に怒られますよ、本当に」

それで勇輝たちはやっと社に向かって進みだした。が、三歩もいかないうちに、

「きゃっ！」

いきなり純奈が勇輝に抱きついた。

「今、なにか動きました」

すわ曲者か。千影はにわかに殺気立ったが、純奈の視線の先で輝いているのは大きな双眸だった。そして、にゃ、と鳴き声がする。

「なんだ、猫か」

勇輝がそう云って笑ったとき、三毛猫がさっと勇輝たちの横を通りすぎ、透塀の隙間から神社の外へ出ていってしまった。

勇輝がそれを見送りながら笑って云った。

「猫を見ると思い出すよね」

「……なんのことだか、わかりませんにゃん」

次の瞬間、勇輝と純奈は二人して声をあげて笑い、千影がまたしても矢の催促をする。

「は、や、く！」

「わかった、わかった」

勇輝と純奈は笑ったまま、弾むような足取りで社の前に立った。そしてなにごとか囁きあい、揃って参拝する。

今晩二人がなにを願ったのか、千影には知る由もない。帰りの車で純奈に訊ねてみたけれど、教えてはもらえなかった。

「私と勇輝君の秘密です」

千影には一夜の思い出が残ったのみである。

第六話　絶体絶命のトライアル・バイ・ファイア

年が明けるとともに、勇輝は受験に向けてスパートをかけていた。貴煌帝学院は私立校なので、受験の日程は二月上旬となっている。もうここまで来たら、じたばたしても仕方がない。今までの積み重ねがものを云う。あとは受験当日に体調を崩さないよう留意しながら、勇輝はひたすら勉強に励んでいた。

そうして受験を一週間後に控えたある日のことだ。純奈から電話があって、こう云われた。

「勇輝君、お父様が勇輝君とお話ししたいそうです」

「いいけど、いつ？」

「今です」

ということは、今、純奈の傍には晴臣がいるのだろう。こうしているあいだも、純奈と勇輝の会話を横で窺っているのかもしれない。

「代わってもいいですか？」

「ああ、いいよ」

待たせてはいけない。それだけの気持ちで頷いた勇輝だったけれど、心の準備はまったくできていなかった。それなのに話し手の交代は素早く、男の声がした。

「久しぶりだね、勇輝君。こうして言葉を交わすのは九ヶ月ぶりになるか。だが君のことは逐一報告を受けていたよ。突然ですまないね。びっくりしたかい？」

「はい、びっくりしました……」

そう返事をしながらも勇輝はめまぐるしく考えていた。いったい、自分はなにをしたのだろう。これからなにか悪い知らせを宣告されるのか。

そう恐々としている勇輝に、晴臣は朗々と語る。

「私も忙しい身だから単刀直入に云おう。君がもし受験に失敗したら純奈との関係はそれまでだ。他人に戻ってもらう」

「はい、そういう約束でした」

「だから最後に一度、純奈と二人で出かけてきてもいいよ？　千影抜きでね」

勇輝は目の前が真っ白になる思いがした。今、なにを云われたのかわからない。開くはずのない扉が開いたのに、それが信じられなくて、扉の外へ出られない。そんな感じだ。

「えっと、それは、どういう……」

「今日までの君の行いに間違いはなかった。君はおおよそ約束を守ったし、純奈の名誉を傷つけたり足を引っ張ったりすることもなかった。だがそれでも、貴煌帝に不合格なら純奈とはもう二度と会ってはいけない。だから、もしかしたら最後になるかもしれないから、一度だけお目付け役抜きで会うことを許す。そういう話だ」

そこで一度言葉を切った晴臣だったけれど、思い出したように付け加えた。

「いや、急なことだし、受験を間近に控えている。迷惑だというのなら断ってくれても構わないが――」

「いえ、嬉しいです。ありがとうございます!」

勇輝が勢い込んで返事をすると、それがおかしかったのか、電話の向こうで晴臣がちょっと笑った。

「だがなんでもありというわけじゃない。当日は純奈と夕食をともにするつもりだから、夜までには返してもらう。決して、間違いのないように頼むぞ?」

「はい!」

「じゃあ私はもう行くよ。あとは二人でよく話すといい」

そこで晴臣の声が間遠になり、純奈となにか話しているのが聞こえた。そして話し手が純奈に戻る。

「勇輝君」

純奈は、胸がいっぱいになってしまったのか、勇輝の名前を一声呼んだだけで黙ってしまった。勇輝が先回りして予定を組みながら云う。

「実は受験の前日に、合格祈願のお参りにでも行こうかと思っていたんだ。ちょっと遠いんだけど、御利益があるって噂のところ。まあ冷静に考えたら、お参りなんて気休めでしかないんだけど……一緒に行くかい？」

「行きます」

勇輝には、そのときの純奈の真剣な顔が目に浮かぶようだった。

◇

それからさらに数日後のことだ。

天光院家の本邸がある敷地内には使用人たちの暮らす家があり、そのなかには千影や小四郎が住む家も含まれていた。つまり千影は天光院家に住み込みで働いているようなものであり、夜遅くになっても純奈に仕えている。

純奈と勇輝が神社に行く前日の夜も、千影は純奈の身の回りの世話をしていた。時刻はまもなく午後十時になるが、純奈はまだベッドに入る気配がなく、自室で椅子に座って冒険ノートを見返している。

「お嬢様、そろそろお休みになりませんと、明日に差し支えますよ？」

「そうですね」

純奈は返事をしたが表情には精彩がない。千影は小首を傾げた。

「楽しみではないのですか？」

すると純奈はノートから顔をあげて微笑んだ。

「楽しみよ。でもそれ以上に怖いの。千影は、勇輝君が貴煌帝に合格すると思う？」

「まあ、大丈夫でしょう」

千影はよどみなくそう答えていた。実際のところ首席合格でなければ厳しいのだが、今ここでそれを云って純奈を不安にさせることになんの意味があるのか。

「本当？」

「お嬢様だけでなく、私も彼の勉強に付き合ってきたことをお忘れですか？　実際、彼は優秀で、貴煌帝の生徒と比較しても遜色のないレベルに達していると思いますよ。とはいえ、物事に絶対はありませんが、見込みはあると思っています」

「そう、そうよね。ここまで来たら、あとは信じるしかないわ」

「……私は別のことが心配です。真田勇輝が受験に失敗したとき、お嬢様は本当に、旦那様との約束通り、彼と二度と会わないでいられるのですか？」

「仮に私がその約束を破ったとしても、勇輝君の方が私を避けるでしょう」

答えになっていない、と千影は思った。これでは勇輝が受験に失敗した場合、純奈がどう出るかわからないではないか。だが両親に反抗するならまだいい方だ。反抗しなかった場合、純奈は自分の心を殺して、ふたたび従順でお行儀のよいお嬢様に戻ってしまう。

この一年あまりの出来事が、すべて夢だったかのように、なくなってしまうだろう。

そんなことになるくらいなら、いっそ約束を反故にしてでも戦った方がいいのかもしれないが、一番いいのは勇輝が合格してくれることだ。

勇輝の肩に、勇輝だけでなく純奈の運命までかかってしまっている。

「……受かるといいですね、彼」

千影がしみじみ云うと、純奈は嬉しそうに微笑んだ。

「あなたがそう云ってくれることが、私は嬉しいわ」

そうして、やっと純奈はベッドに入ってくれた。

「おやすみなさい、お嬢様」

夜の挨拶を終えて、千影は外からそっと純奈の部屋の扉を閉めた。これで今日の仕事は終わりだ。自分も明日に備えて早く休もう。そう思って歩き出したところで、男の低い声がかかった。

「千影」

「ぴゃあっ！」

音も気配もなく突然だったので、千影は飛び上がって驚いた。声のした方を見ると、廊下の壁に背中を預けて、腕組みした小四郎が立っている。

「なんだ、叔父さん、びっくりした。なんです、急に」

「奥様がお茶を淹れてほしいとおっしゃっている。頼めるか？」

千影はたちまち背筋を伸ばした。

奥様とは、すなわち純奈の母親のことであり、そしてこの屋敷の主人のことだ。

「かしこまりました」

千影の返事を聞いて、小四郎は相槌を打つと、屋敷の奥へ向かって姿を消した。千影はすぐに紅茶を淹れて、目的の部屋を訪れた。

その部屋では、三人の人物が千影を待っていた。

一人は叔父の小四郎である。

もう一人は四十歳くらいの、鷹の目をした執事だった。長身で、年齢のわりに若々しくてハンサムだったが、左目の上を縦に走る傷がある。それをモノクルで上手くごまかしているのがいかにも伊達男風だ。名前を松風瑠璃人と云う。純奈の母親の専属執事だ。ボディガードも兼ねており、武術の達人である。

この二人が執務机を左右から挟むように立っており、そして机の主は、純奈と同じ、美しい目をして千影を見つめていた。

この女性こそ、純奈の母、天光院魅夜だ。純奈と生き写しの素晴らしい容姿をしている。純奈がもっと年齢を重ねて、清純から妖艶に傾いたら、こんな風になるのではないか。

「奥様、遅くなりまして申し訳ございません」

「いいえ、私の方こそこんな夜遅くにごめんなさいね」

魅夜が柔和に云うと、千影はいくらかほっとして歩を運び、抜かりなくお茶の支度をした。魅夜は千影の淹れた紅茶を一口飲んでから云った。

「聞いたわ。明日、純奈が例の彼と出かけるんですってね」

「はい。行動予定表は旦那様に提出してあります」

「ええ、共有したわ」

魅夜は執務机の上の携帯デバイスを一瞥すると、また紅茶を一口飲み、その香りを楽しんでから続けた。

「それでどう？　真田勇輝……彼は受かりそうなの？」

「お嬢様には受かると申し上げましたが、それはお嬢様を安心させるためであり、本当のところ、私は落ちると思っています」

「あら、どうして？」

年齢よりだいぶ幼い、あどけない感じで魅夜が首を傾げた。千影はよどみない口調で朗々と続ける。

「貴煌帝の外部試験はとても厳しく、内部生が受けたとしても受かるとは限りません。加えて家柄などの審査もありますから、なんの後ろ盾もない彼はその点で不利でしょう。もしそれをはねのけての合格となると、首席でなければ不可能だからです」

そう、貴煌帝学院はただの進学校ではない。良家の子女の教育機関であり、家柄が重視され、ただ頭がよければ入学できるというものではないのだ。一方で、真に優秀なものを家柄がよくないというだけでふるい落とすほど狭量でもなかった。

先日、勇輝にも話したことを繰り返すと、魅夜は納得したように頷いた。

「そうね。本当に優秀な学生は、家柄に問題があっても合格するわね。学費も免除されるって云うし。でも真田勇輝という子は――」

「優秀です。学力だけなら合格ラインに達していることは間違いありません。しかし首席合格となると話は別です。恐らく可能性は、万に一つ」

千影はそう断言しながら、今日までの勇輝の頑張りを振り返って気が重くなった。貴煌帝学院に付きまとう身分や社会的地位の影響力の、なんと手の長いことだろう。

――同じ天地の狭間にいても、別の世界で生きているのですよ、真田勇輝。

千影がそう思っていると、魅夜が悲しそうに云った。

「そうなの。残念ね。私も晴臣も純奈を大切にしすぎるあまり、世間の風にあてずに育ててしまったから、彼との一年はとてもいい刺激になったでしょうに」

「はい、そうなのです！」

千影は、今こそとばかりに手持ちの弾丸のありったけを撃ち尽くすような気持ちで、思いの丈を話し始めた。

「お嬢様は常に完璧であられましたが、どこか人形のようでした。そんなお嬢様が、真田勇輝に出会って変わられました。最初、私はその変化を好みませんでしたが、これはお嬢様の成長に必要なことだったのではないかと、今では思います。今や彼は、お嬢様には必要な人になりました。ですから奥様、どうか、どうか、温情を」

するとここで、執事の瑠璃人が口を挟んできた。

「それは、天光院家が真田勇輝の後ろ盾になれということか？　それとも、彼が不合格でも純奈お嬢様と交際できるよう、取り計らってほしいということか？」

「松風さん。いえ、私は、そういう意味では……」

「だろうな。おまえはそんなに馬鹿じゃない。温情などないと、わかっているはずだ」

その一言で、千影は一気に絶望的な気分に襲われた。

魅夜が瑠璃人に一瞥をくれる。

「瑠璃人、私が千影と話しているのよ？」

魅夜が優しく瑠璃人をたしなめると、瑠璃人は恭しく一礼した。

「失礼しました」

魅夜が薄く笑って、千影に目を戻す。

「ふふふふふ。千影、彼のことになるとずいぶん一生懸命に話すのね。すっかりお友達というわけかしら？」

「い、いえ。私たちはまだ、友達ではありません。彼が貴煌帝に合格するまでは、仮の友人ということになっています」

「そう、友達じゃないのね？」

「はい……」

すると魅夜はどこからか白いハンカチを出した。

「すごい汗よ。暖房が利きすぎているのかしら。拭きなさい」

するとと瑠璃人が魅夜からハンカチを受け取り、それを千影に差し出してきた。

「恐縮でございます」

千影は両手で恭しくハンカチを受け取ると、額の汗を軽く拭いた。

魅夜は紅茶のカップをまた口元に運び、しばし黙ってから云った。

「そう、合格は絶望的なの。でもそれでよかったのかもしれないわね」

それを聞いて、千影は思わず反射的にハンカチを握り潰してしまった。しばし深呼吸してから、思い切って問うてみる。

「奥様、それはどういう……」

「可哀想だけど、自転車屋の子が天光院家の人間と一緒になったところで、幸せになれるとは思えないのよ。結ばれたときは、それは嬉しいでしょうけど、でもその喜びも長くは続かない。天光院の人間として生きるということはね、大変なことなのよ。重圧、責任、嫉妬、さらには自分の良心を裏切って冷たく非情に振る舞い、ときに手を汚す決断を強いられる。普通の家庭で育った子がそんなことをすれば、どんどん傷ついて身も心もぼろぼろになっていくわ。自分の愛した人のそんな姿を一番近くで見ているのは地獄よ。自分と結婚したせいで、この人は不幸になったんじゃないかしら。ほかの人と結ばれた方がよかったんじゃないかしら。私と出会わなかった方が、よかったんじゃ……そう思うようになっていくのよ。そんな思いを、純奈にさせたくないわ」

そう語る魅夜を前にして、千影は目を丸くしてしまった。

「奥様、なぜそんな後ろ向きなことを。未来のことは誰にもわかりません。まだ二人がそうなると決まったわけでは……」

「そうね。夢を見るのは、自由だわね」

——夢。

千影は心でその言葉を呟いた。夢とは叶えるものではなかったのか。だが魅夜はもう、夢という言葉を不可能という意味で使っている。

魅夜は柔和な微笑みを湛えて話を先へ進めた。

「ふふっ、ごめんなさい。なんだか暗い話になっちゃったわね。ええっと、それで、最初はなんの話だったかしら」

小首を傾げた魅夜に、瑠璃人が傍から口添えする。

「明日、純奈お嬢様がお出かけなさることについてです」

「ああ、そう、そうだったわ。例の彼とは、明日が最後ね。それで晴臣が二人で出かけることを許したそうだけど、まさか本当に二人きりにさせるわけじゃないわよね？」

「もちろんでございます」

即答した千影の尾について小四郎も云った。

「私と千影で、お嬢様たちに気づかれぬよう、陰からお嬢様をお守りするよう旦那様から云いつかっております。つかず離れずで警護しますので、ご安心ください」

「それを聞いて安心したわ。それじゃあ、明日の予定を確認しましょう。万に一つも、あってはならないわ」

魅夜はそう云うと、紅茶のカップを皿に戻した。

◇

純奈と神社へお参りにいく当日の朝、勇輝は千華に挨拶して、自転車で家を出た。すっかり自転車に乗るのが楽しくなった純奈の希望で、サイクリングも兼ねているのだ。

公園に着いたときは午前十時前だった。約束の時間にはまだ早いが、純奈はもう先に来ていた。動きやすい服装に流線型のおしゃれなヘルメットという念の入った装いで、自転車の前籠に鞄を入れている。傍には、千影と小四郎の姿もあった。

純奈の前で、勇輝は自転車から飛び降りると云った。

「遅れてごめん」

「いえ、私の方が早かったのです。今日は晴れてよかったですね」

「うん。でも天気予報を見たら、夕方から崩れてくるらしいから気をつけないと」

そんな話をしていると、千影が声をかけてきた。

「それでは私たちはここで。お嬢様、くれぐれもお気をつけて」

「ええ、ありがとう」

「自転車に乗るときは、鞄を肩にかけないよう留意してください。どこかに引っかけたりすると、転倒の原因になります」

「小四郎もありがとう。気をつけます」

純奈がそうにこやかに受け答えをしている。それを見ていた勇輝に、まなじりを吊り上げた千影が詰め寄ってきた。

「真田勇輝、午後五時にこの公園に迎えにきます。それまでお嬢様を頼みましたよ?」

「ああ、もちろん守ってみせるさ」

そう雄々しく請け合った勇輝に、千影が顔を近づけ、真剣そのものの目をして云う。

「いいですか。お嬢様のことを第一に考え、決して自分から危険に飛び込むようなことをせず、慎重に慎重を期して行動しなさい。無茶、無理、無謀は慎むこと。いいですね?」

「わ、わかったよ。いくら二人きりだからって、そんなに念を押さなくても……」

そこで勇輝は、不意に声を落として訊ねた。

「でも本当は、こっそりついてくるんだろう？」

「……気づいていましたか」

「まあね。純奈さんから本当に護衛を外すわけがないと思ったよ。だけどいいんだ。俺たちを思いやってくれる、その気持ちだけで嬉しいよ」

勇輝はそこで言葉を切ると、右手を爽やかに差し伸べて声を張り上げた。

「ありがとうな」

すると千影は、鳩が豆鉄砲を食ったように驚いて一歩あとずさり、身を守るように自分で自分を抱きしめた。

「な、なんです、急に」

「受験の結果次第じゃ、おまえとはこれが最後かもしれないからさ。握手しておこうぜ」

そこまで云っても千影は身構えたまま微動だにしない。勇輝は軽く右手を振ってみたけれど、千影は感情の読めぬ目でこちらをじっと見返してくるばかりだ。

おおい、と勇輝が声で千影を揺さぶってみようとしたとき、それに先んじて、大きな手が千影の肩に置かれた。小四郎だった。

「千影。もう行くぞ」

それには千影だけでなく、勇輝も驚いて小四郎を見た。小四郎が狼のような鋭い目で勇輝をじっと見てくる。

「……またの機会に。さあ、千影」

「はい、叔父さん」

千影は返事をすると、勇輝と純奈に会釈して、小四郎とともに公園を出ていった。その先にいつもの黒塗りの高級車が駐車されているはずだ。

勇輝が空を切った右手をぎゅっと握りしめていると、純奈がそっと近づいてきた。

「握手、しそびれちゃいましたね」

「弱気なことを云ったのが気に入らなかったのかな……まあ、いいさ。合格すればいいだけのことだ。それより、行こうか」

「はい」

純奈は嬉しそうに頷いて、ヘルメットをしっかりとかぶり直した。

それから二人はそれぞれの自転車にまたがり、ゆっくりと漕ぎ始めた。急ぎはしない。学業成就に御利益のあるという神社へ行くことだけが目的ではない。なんなら寄り道をしたってよかった。今という時間を大切にしたいのだ。

……。

昼ごろに、目的の神社に着いた。純奈と神社に来るのはこれで三度目だ。

一度目は元日の未明に二人で小さな神社へ、二度目は一月の上旬だった。三が日は天光院家の行事やあいさつ回りで純奈の予定が埋まっていたので、平日になってから改めて初詣に行ったのだ。もう仕事始めを迎えていたから、企業としての初詣で賑わっており、商売繁盛の熊手を担いだ会社員の集団をよく見かけたものだ。

さて、今日はお参りのあとで純奈が学業成就のおまもりを買ってくれた。

「知ってますか、勇輝君。おまもりは自分で買うより人から貰った方が御利益があるそうですよ」

「もちろん、知ってる」

勇輝は頷くと、今度は自分が社務所に行って、おまもりを一つ買って帰ってきた。それを手渡された純奈は、嬉しそうにしながらもどこか寂しげだった。

「家内安全、ですか」

「うん。健康長寿と迷ったけど、どう見ても健康に問題はなさそうだし、金運は今さらだし、学業は俺より頭いいし、交通安全はむしろ小四郎さんに渡すべきだし……ってことで家内安全かなー、と思って」

だがこの浮かぬ顔はどうだろう。おまもりの選択を間違えたのかと勇輝が不安に思っていると、純奈が軽く唇をとがらせた。

「恋愛成就ではないのですか？」

「……それは、神様には頼らない。自分の力で叶える」

そう力強く云った勇輝の、吐く息の白さに情熱がこめられており、純奈は頬をほんのりと赤く染めて、勇輝の二の腕のあたりに自分の肩をくっつけた。

恋人同士だったら、このまま肩を抱いてもよかったのかもしれないが、そういうことは彼女の隣に立っていい資質を示してからだ。

勇輝は懸命に自分を宥めながら、どうにか己の衝動に理性の手綱をかけた。

そのあと神社近くの蕎麦屋で昼食にして、神社を中心にあちこち遊び歩いた。携帯デバイスで写真もたくさん撮った。インターネットで公開さえしなければ写真の撮影には制限がなかったけれど、受験が不合格に終わったら純奈が映っている写真はすべて消すように云われるのだろうか？　もしそうなっても、思い出はいつまでも残るだろう。

そう思いながら、勇輝は店で買った大判焼にぱくついた瞬間の純奈を見事に撮った。

時間のことは忘れていたが、今が永遠ではないことを思い出させるように、腕時計のアラームが鳴った。ちょうど大判焼をあとひとくちで食べ終えるところだった純奈が、夢から醒めたような顔をする。

勇輝はアラームを止めながら云った。

「楽しくて時間を忘れないように、ちゃんとセットしておいたんだ」

そう云いながら、黒いデジタル腕時計を示した。まだ午後三時だが、もう午後三時とも云える。今日待ち合わせた公園で、午後五時に迎えの車が来ることになっており、そこまでは一時間もあれば十分なのだが、雲行きが怪しくなってきていた。さっきまで青空だったのに、今は雲が広がっていて足元の影が消えている。

「予報通り、雨になりそうな気配がするから、そろそろ引き上げよう」

「抜かりないですね。そういうところ、私のお父様に似ています」

純奈は寂しそうな目をしてそう云うと、大判焼の最後のひとくちを口のなかに放り込み、すねたような足取りで歩き出した。

神社の駐輪場から自転車を出した純奈は、鞄を前籠に入れると勇輝を見て云った。

「ゆっくりでも、いいですよね？」

「もちろん」

少しでも長く二人でいたい。だから勇輝と純奈は自転車を手で押して歩いた。急ぐかどうかは、時計と雲行きを見てその場その場で判断すればいいことだ。

そうして神社とそれを中心とした商店街から離れて少し歩くと、人や車の通行量は目に見えて減っていった。車に神経を使う必要がなくなり、勇輝はいよいよ純奈とのおしゃべりに夢中になり、男とすれ違ったのにも気づかなかった。

その男は、上下グレーのスウェットという装いで、白いスニーカーを履いていた。フードは目深に下ろしていて、顔はわからない。すれ違ったとき、純奈の自転車の前籠に視線をあてたが、勇輝はそれにも気づかなかった。

そして数秒後、走って引き返してきた男が、前籠にあった純奈の鞄を奪って逃げ去った。

一瞬、勇輝はなにが起こったのかわからなかった。わかったときには叫んでいた。

「泥棒！」

その声には、遠くの通行人がこちらを振り返っただけだ。ひったくり犯は軽快に駆けていく。けたたましい音がした。純奈が自分の自転車が倒れるのも構わず、走り出そうとしていた。勇輝は自転車を放り出すと、かろうじて純奈の手を掴んだ。

「素人が追わない方がいい！」

「勇輝君にもらった、おまもりが！」

「そんなもの、また買ってあげるさ！」

「冒険ノートも入ってるんです！」

それで勇輝は顔色をいっぺんに変えた。あれは自分と純奈の思い出の詰まった日記だ。そしてこの先も、純奈が自分の魂のありかを見失わないための道標になってくれるかもしれないものなのだ。

「わかった、俺が行く！　君はここにいろ！」

云うが早いか、勇輝はひったくり犯を追いかけて走り出した。相手の背中がみるみる大きくなってくる。背は高いようだが痩せており、足も大して速くないようだ。

——今日で彼女と会うのが最後になるかもしれないのに、ケチをつけやがって！

勇輝は怒りに任せて猛然と駆けた。相手は人気のない方へと逃げていく。遅い。追いつける。もうあと少しだ。ガード下で追いついた。

「鞄を返せ！」

そう叫ぶと、ひったくり犯が急に立ち止まって振り返った。はずみでフードが落ちる。特徴のない顔をしていた。なんにも記憶に残らないような、平凡中の平凡といった顔をしているのに、目だけは猛々しい鳥のように鋭い。そんな男が、鞄を放り出すと、逆に勇輝に向かって突進してきた。逃げられないと悟って、開き直ったのか。

「上等だ！　怪我しても、おまえが悪いんだからな！」

勇輝は、多少は腕に覚えがあった。なんといっても千華に護身術を習っているのだ。千影と初めて会った日、彼女に『パーンチ』と殴られそうになっても目を瞑らなかったくらいには心得がある。だが実際に取っ組み合いになると護身術もなにもなかった。

これは余談だが、幕末に活躍した剣士が次のようなことを語っている。

――実際の戦闘というのはもう無我夢中です。剣の稽古で習ったときのように、敵がこうきたらこう迎え撃つ、なんて型通りのことはできません。とにかく必死に刀を振り回して、気がつけば勝っていました。

勇輝もまさにそうだった。とにかく無我夢中で、殴ったのか殴られたのかもよくわからないまま、なんとか相手を押さえ込み、のしかかってその動きを封じることができた。自分が強かったとは思わないが、こうして相手を押さえ込んだからには、護身術も少しは役に立ったのだろうか。だが問題はこのあとだ。ここから、どうするのだ？

――この体勢じゃ警察に電話できないぞ。

さりとて迂闊に電話を手にしようとして反撃されたら目も当てられない。人手がいる。

「だ、誰か！」

勇輝のその呼び声に答えるように、見覚えのある黒い車が凄い勢いで突っ込んできた。急ブレーキで止まったその車から小四郎が飛び出してくる。

「代われ」

小四郎の低い声に云われて、勇輝はひったくり犯の上から体をどけた。小四郎が男の胸倉をつかんで立ち上がらせ、鳩尾に重い一撃を与えると、男は一声あげ、ぐったりとして動かなくなった。それを見た勇輝は感嘆の吐息を漏らした。

――すごい、一発で気絶させた。漫画みたいだ。

鮮やかな手並みに惚れ惚れしていると、小四郎は男の体を起こし、腕を後ろに回させたかと思うと、懐から取り出した手錠をかけた。

「えっ、その手錠はなんですか？」

「……色々な状況を想定して持ち歩いている道具の一つだ」

「そういうものですか」

下手をしたら、ナイフや拳銃さえ飛び出してくるのではないか。勇輝はそう思ったが、訊ねる勇気はなく、代わりに辺りを見回しながら別の疑問を口に出した。

「ところで千影は？」

「お嬢様の傍だ。お嬢様が鞄を奪われるのを見て、まず千影を降ろし、俺は車で追ってきた。そうしたら、おまえがもう取り押さえていた」

――そうか、純奈さんの傍には千影がいてくれるのか。

勇輝はほっとすると、座り込みそうになった。緊張感が切れたら、結構危険なことをしてしまったという実感がわいてぞっとする。追いかけるのに自転車を使わなかったし、相手が刃物を持ち出す可能性も考えなかった。どうやら冷静ではなかったようだ。

一方、小四郎は運転席に回って車のトランクを開けると、ぐったりしているひったくり犯を軽々と抱き上げ、トランクに放り込んで蓋を閉めた。

「えっ、小四郎さん？」

「……一時的な処置だ」

「ですよね。じゃあ俺、警察に電話します」

「必要ない」

そう止められて、勇輝は自分の耳を疑った。小四郎は勇輝に質問の隙を与えずに云う。

「天光院家の方々がなんらかの犯罪に巻き込まれた場合、それが偶然なのかどうか調査することになっている。本当に偶然なら警察に引き渡すが、もし天光院家の人間と承知で狙ったのなら、動機や背後関係を探る。それも俺たち山風衆の仕事だ」

「なるほど……」

しかしそういうことも含めて警察の仕事ではないか。勇輝はそう思ったのだが、天光院グループほどの企業となると独自の保安体制を敷いていたとしても不思議はない。

――あのひったくり、どうなるんだろう。

やったことを思えば腹立たしいが、それでも勇輝がちょっと気の毒に思っていると、

「勇輝君！」

純奈の声がした。見れば、純奈と千影が自転車を押しながら走ってくるところだった。千影が押しているのは勇輝の自転車だ。純奈が律儀に自転車のスタンドを立てている一方、千影は勇輝の自転車をその場に放り出し、走って勇輝に詰め寄ってきた。

「どうして追いかけたんですか！」

開口一番、そう怒鳴られて、勇輝は目を白黒させたが、千影は止まらなかった。

「馬鹿、馬鹿、馬鹿！　あれほど慎重に慎重を期して行動しなさいと云ったでしょう！　どうして……！」

「す、すまない。でもあの鞄には、冒険ノートが入ってたんだ」

あまりの剣幕に勇輝がちょっと気圧されながらもそう答えると、千影はいきなりその場に座り込んでしまった。冒険ノートがなにを意味するのか、勇輝と純奈以外では、千影だけが知っている。あれが純奈にとって、絶対に必要だということを。

「……でもそれで怪我をしてたら、馬鹿みたいじゃないですか」

「いや、怪我なんてしてないよ。何発か殴られたような気はするけど、自分でもよくわからない。とにかく今のところなにも痛くないから、きっと大丈夫さ」

勇輝が元気をアピールするように体を軽く動かして見せたとき、純奈が千影を追い越して、体当たりで勇輝に抱き着いてきた。こんな風に、全身で彼女の肉体の柔らかさとぬくもりを感じるのは初めてで、勇輝は完全に思考停止状態に陥った。

そのまま数秒が経過し――。

「お嬢様！」

立ち上がった千影の泡を食った声で、はっと我に返った純奈が身を離した。顔は赤かったが、目を伏せたりはせず、勇輝に気遣わしげな目を向けている。

「ごめんなさい。私のために。平気ですか？　無茶なことはしていませんか？」

「だ、大丈夫だよ。平気、平気」

勇輝は明るく云うと、道の端に落ちていた純奈の鞄を拾おうとして右手を伸ばした。その瞬間、右手の甲に鋭い痛みが走り、勇輝は一瞬凍りついた。

――痛い！　知らないうちに、どこか傷めたか？

勝負のあとで、怪我をしていたことに気がついた。そんなことは別に不思議でもなんでもない。スポーツなどでもよくあることだ。アドレナリンが切れたかな、と勇輝はぼんやり考えつつ、左手で鞄を拾って純奈に差し出した。

「はい、取り戻したよ。大丈夫だと思うけど、一応中身を確認してね」

一つ頷いた純奈が鞄を開けて真っ先に確かめたのは冒険ノート、次に今日手に入れたおまもり、そしてその次が、ピンク色をしたハンカチだった。

「あ、それは……」

見覚えがある。というのも、自分が贈ったものだったからだ。

「これも大切な、私の宝物ですから」

純奈はほっとした顔でそう云うと、それから財布や携帯デバイスといったものを一つ一つ確かめていった。

「全部あります」

「……よかった。そういえば自転車の前籠の荷物は狙われやすいって聞いたことがある。俺が気をつけておくべきだったな」

「勇輝君はなにも悪くないですよ。ところで、私の鞄を奪っていった方はどちらに？」

その丁寧な物云いに苦笑しながら、勇輝は車のトランクを指差した。

「警察に引き渡す前に、どういう了見で純奈さんの鞄に手を出したのか調べるって、小四郎さんが」

それには千影が頷いて云った。

「はい、そういう手筈になっています。以前にも買い物中の奥様にわざとぶつかった輩がいたとき、連行したことがありました。そのときは警察に引き渡して完了でしたが、今回はどうでしょうね」

千影の口ぶりに穏やかでないものを感じて、勇輝は一筋の冷や汗を掻いた。

「まさかとは思うけど、海に沈めるみたいなことはしないよな？」

すると千影はどこか皮肉な笑みを浮かべ、車の傍に立つとトランクを軽くノックした。

「ひったくり犯の身を案じるとは大したお人好しですね。でも安心してください。そんなひどいことにはなりません。請け合います」

「そうか。ならいいんだ。警察に引き渡してくれるのが、一番いい」

勇輝がそう安心したところで、純奈が千影たちに目を向けて云った。

「千影、小四郎、来ていたのですね」

「申し訳ございません」

千影と小四郎が揃って謝罪したが、純奈は鷹揚にかぶりを振った。

「いえ、二人のおかげで助かりました。礼を云います、ありがとう」

すると顔を上げた小四郎が、よどみなく話し始めた。

「お嬢様。私たちはトランクのなかの男を然るべき場所へ連れていくため、しばしこの場を離れます。お嬢様も御同行ください。自転車はあとから回収しますので」

「勇輝君とはここで別れろと？　厭です。私たちは当初の予定通り、今朝待ち合わせた公園まで自転車で移動します。そこへ迎えにきてください」

小四郎は納得しようとしなかった。その顔は純奈を無言で責めているかのようだが、純奈も引かない。

「勇輝君に教わった自転車で、行きたいの」

それでも小四郎は純奈を咎めるように見つめ続けた。そのとき、小四郎のスーツの袖を、千影がそっと引っ張った。

「……叔父さん。お願いします。いいじゃないですか、最後かもしれないんですから」

「……そうだな。わかった」

小四郎は頷くと純奈に一礼し、勇輝に向き直った。

「では俺たちは行く。今度こそ本当に二人きりだ。しっかり頼むぞ」

「はい。でも、またこっそりついてくるんでしょう？」

勇輝が微笑んで云った。例のひったくり犯をどこかへ連行することが、そんなに急を要するとは思えない。二人は純奈の護衛を優先するはずなのだ。

果たして小四郎は肯定も否定もせず、ただ淡々と云った。

「だとしても、介入しない。あくまで黒子に徹する。だからこのあと門限や約束を振り切って、自転車で遠い彼方を目指したとしても、大目に見よう」

勇輝はただ瞠目した。小四郎との付き合いももう長い。彼は寡黙で、冗談などを云うタイプでないのはわかっている。それがこんなことを云うとは、もしや本気で最後だと思っているのか。勇輝が受験に失敗すると思って、情けをかけてくれているのか。

しかしもちろん勇輝は決然とかぶりを振った。

「そんなことはしません。ちゃんと貴煌帝に受かって、正々堂々純奈さんとのお付き合いをこれからも続けます」

「……そうか。おまえは、立派だ」

小四郎はそれだけ云うと、車の運転席に乗り込んでいった。

「それでは、私もこれで」

千影が助手席に乗り込むと、車はゆるりと発進した。

車を見送った勇輝は、千影が運んできた自分の自転車が道端で横倒しになっているのに気がついた。

「あいつ、ちゃんと起こしていけよな」

勇輝はそうぶつぶつ云いながら自転車を起こそうとし、右手に鋭い痛みが走ってハンドルを手放してしまった。ふたたび自転車が音を立てて倒れ、びっくりした純奈が駆け寄ってくる。

「勇輝君、どうしたんですか？」

すぐに返事ができなかった。これで二度目だ。勇輝は自分の右手を左手で軽く叩いてみた。鳥肌の立つほどの痛みが右手から全身を駆け抜けていく。思わず、顔が引きつってしまった。その様子を間近で見ていた純奈が顔色を変える。

「勇輝君、ちょっと右手を出してください」

「いや、なんでもない。平気だから……」

「怪我したんじゃないですか？」

今までにない剣幕で問い詰められ、勇輝はちょっと気圧された。いつも優婉な純奈が、こんな顔をしようとは。

「だ、大丈夫だよ。たしかにちょっと痛かったけど、そのうち自然に治るさ。ただ思ったより時間がかかるかもしれないから、今日はここで別れよう。今からでも千影たちを呼び戻してくれ。君は車で帰るんだ。俺は一人でなんとかするから」

「夕方から雨なのに、勇輝君を置いていけません。怪我をしたなら、私と一緒に病院に行きましょう」

「大丈夫だ！　病院なんて必要ない。大したことじゃ、ないから……」

勇輝はそう云うと、息を吸い、歯を食いしばり、覚悟を決めて右手をぎゅっと握りしめた。三度、右手に電撃が走ったが、今度は小揺るぎもしない。

強がって、意地を張って、純奈を見返して笑う。

「ね？」

すると純奈はいくらか安心したようだった。

「わかりました。でも、自転車には乗れそうにないんですよね？」

「うん、まあ、痛みはいずれ引くだろうけど、今は無理かな……」

この右手で自転車に乗るのは本当に危ないと思ったので、勇輝はそう答えた。純奈はそんな勇輝をじっと見つめて云う。

「ひとまず、駐輪場に戻りましょう」

「そうだね」

こうして勇輝たちは神社の駐輪場に引き返し、そこに勇輝だけが自転車を駐めた。そして純奈が、なにかを決心した目で勇輝を見てくる。

「最近見た映画にこんなシーンがありました。ヒロインが主人公を後ろに乗せて、バイクで街を走るんです。私も、やってみたいと思いました」

そうして純奈が冒険ノートの新たなページを見せてきた。

――勇輝君と自転車で二人乗りがしたいです。

「勇輝君の自転車は後日回収するとして、私のために右手を怪我してしまったので、私がきちんと勇輝君をあの公園まで送り届けます」

「うーん、それは……」

勇輝はすぐに返事ができなかった。というのも、二人乗りはいかにも学生カップルがやりそうなイメージがあるが、実は法律で禁止されているのだ。とはいえ、それを律儀に守っている人がどれだけいるのだろうか。みんな一度はやっていることだ。

「私だって勇輝君の役に立てます」

結局、これが最後の一押しになった。

「わかった。でも二つ約束してくれ。スピードを出し過ぎないこと、車の多いところや坂道では無理せず自転車を降りて移動すること。守れる？」

「はい！」

純奈は明るく返事をすると、自分の自転車に改めてまたがった。勇輝は純奈の鞄を肩から斜めにかけ、ヘルメットをかぶり、どうにか二人乗りの体勢を取ることに成功した。

「本当に大丈夫かい？」

「任せてください。私、運動神経はいいんですよ？」

実際、純奈は特にふらつくこともなく、見事に二人乗りをしてのけたのだった。

そして午後五時、勇輝を後ろに乗せた純奈の自転車は無事に公園へと辿り着いた。だが純奈は公園には入らず、その近くの駐車場へと入っていく。そこに小四郎の車が待っているはずなのだ。

果たして、車は既に到着していた。その車の近くで純奈がブレーキをかけると、勇輝は素早く地面に足をつけて、肩にかけていた純奈の鞄を返しながら云った。

「ありがとう、助かったよ。天気も間に合ってよかった」

まだ春は遠く、日が落ちるのも早い。加えて雲がかかっているのでだいぶ薄暗く感じた。もう間もなく雨が降るだろう。

「勇輝君、右手は……」

「ああ、もうすっかり平気さ。痛みもいつの間にかなくなったよ」

その言葉で純奈はほっとした顔をしたが、嘘だった。痛みは時間が経つにつれて増す一方で、自転車の振動が来るたびに体に稲妻が走っていた。

だがそれでも純奈の手前、平気なふりをしていると、車の客室の扉が開いた。千影かと思った勇輝は、グレーのスーツを着こなした紳士が降りてきたのを見て絶句した。純奈が自転車のハンドルを握ったまま茫然と呟く。

「お、お父様……」

そう、多忙な天光院グループの総帥であるはずの晴臣が、突然現れた。晴臣のあとから千影が姿を現し、ばつの悪そうな顔をしながら駆け寄ってくる。さらには運転席から小四郎まで降りてきた。

純奈は急いで自転車のスタンドを立ててヘルメットを前籠に入れると、歩いてくる晴臣を勇輝とともに迎えた。

晴臣はまず純奈の前に立って、その肩に手を置いた。

「ひったくりに遭ったと報告を受けたのでな、急遽様子を見にきた。大丈夫そうだな」

「はい、怪我などはしていません。こちらこそ驚きました。お忙しいお父様が、まさか急にいらっしゃるなんて……」

「男の子と二人で行動することを許したが、どうなるものかと気になっていた。最初からスケジュールに余裕を持たせていたのだ」

晴臣は半ば自嘲するように云った。先日の電話で、純奈と夕食を共にするから夜には返してもらうと云っていたから、急遽予定を繰り上げたのだろう。

「千影は知っていたの？」

「夕食をご一緒するというご予定は伺っていましたが、この場にいらっしゃったのは本当に突然のことでした。連絡する間もなく、申し訳ございません」

　そう云って頭を下げた千影を、晴臣が軽く睨んだ。

「私が急に現れたら不都合か。おまえは今までも、こうして純奈が軽はずみをするのを見て見ぬふりをしてきたのか」

「いえ、そのようなことは……」

　驚懼する千影を見て、勇輝はこのとき、稲妻を孕んだ暗雲が近づいてきていることに初めて気づいた。

「それで、私が今、見たものはなんだ？」

　勇輝は咄嗟になんとも云えなかった。果たして晴臣が勇輝を見据えて云う。下手な答え方をすれば、よけいにまずいことになるということだけがわかる。

　一方、純奈は明らかに戸惑っていた。

「あの、お父様……？」

「純奈。自転車の二人乗りは危険で、法律でも禁止されている。世間知らずのおまえが知らないのは無理もない。だが――」

　そこで晴臣の視線が勇輝に戻った。

「自転車屋の息子の君が知らないはずはない。そうだな？」

「はい、知っていました」

　からからに渇いた喉で、勇輝はどうにかそう答えた。純奈がぱっと飛びつくように云う。

「申し訳ございません、お父様。私が軽率でした。謝ります。ですがこれは私から申し出たことです。私が勇輝君にわがままを云ったのです。勇輝君が右手を傷めたので、私が送ってあげようと……」

「それなら車を呼べばよかった。タクシーを使ってもよかった。だがおまえはこれを選んだ。そして勇輝君は止めなかった」

　晴臣の、抑制が利いていながらもうねるような語気に、烈しい目の輝きに、勇輝は虎の尾を踏んだのだと完璧に理解していた。

　――本気で怒っている。

「すみませんでした！」

　勇輝もとにかくそう云って頭を下げたが、晴臣の気配は和らがなかった。

「……自転車の二人乗りなどカップルならみんなやっている。そう思ったのだろうが、君と純奈はただの友人。そうだな？」

「そ、それは……」

云い訳のしようもない。最低でも貴煌帝学院に合格しなければ交際などありえない、それまでは友人としての節度ある付き合いをするように、という話だった。

「君は今日、人生の教訓を得た。軽い気持ちで犯したただ一つの過ちで、すべてを失うことがあるということだ。今日学んだことを、次に活かしなさい」

「次って……」

「受験結果を待たずに合否が出た。もう二度と純奈には会うな」

突然、すべてが終わってしまった。勇輝も純奈もただただ愕然として、目の前の絶望を今はまだ受け容れられない。

だが晴臣は容赦なかった。

「千影、純奈を車へ」

「はい」

千影が純奈の手を取り、強引に車へ連れていこうとした。今度ばかりは有無を云わさぬものがある。

「いやっ！」

純奈が勇輝に向かって手を伸ばした。勇輝は反射的に純奈の手を取ろうと右手を伸ばしたが、指と指が触(ふ)れた瞬間、またしても手に鋭い痛みが走って声をあげてしまった。

そのただならぬ様子に、晴臣が顔色を変えた。

「右手を傷めているんだったな。見せてみなさい」

痛みに痺(しび)れていた勇輝は、云われるがまま晴臣に右手を差し出した。晴臣は勇輝の右手に触れ、軽く叩いてみたりして、勇輝の反応を見ている。

「これは折れているな。最低でもひびは入っている。このあと腫(は)れてくるぞ。この手では受験はできない。終わりだ。これが君の運命だった」

勇輝はなにを云われたのかわからなかった。

——折れてる？　なにが？　俺の手が？

「そんな……」

純奈が茫然と呟くと、それを聞きつけた晴臣が勢いよくそちらを見た。

「千影、なにをぼうっとしている！　純奈を連れていけと云ったはずだ！」

「はい！」

千影は今度こそ、強引に純奈を車のなかに連れ込んだ。純奈は勇輝の名前を叫んでいたが、千影が内側から扉を閉めてしまうと、なにも聞こえなくなった。

茫然としていた勇輝だがようやっと我に返り、晴臣を睨みつけた。

「右手が折れていても受験はできます」

「馬鹿を云え。その手でペンを握れると思っているのか。よしんば握れたところで痛みに苛まれながら目の前の問題にどれだけ集中できる？　今夜きちんと睡眠をとれるかも怪しい。もはやどうあがいても不可能だ」

勇輝を支えていた気魄に、容赦なくハンマーの一撃が振り下ろされる。それでも勇輝がひるまずにいると、晴臣がとどめの一撃を放った。

「そしてもう一度云おう。もう二度と純奈には会うな。いいかい、たしかに云ったぞ。それでもなお貴煌帝を志願するなら、純奈のいる学校に行こうとするなら、私は君への対応を変えるぞ。敵対行為とみなす」

上等じゃないか、と勇輝は思った。だが同時に、自分でも思ったほど意気が上がらないのを感じていた。

——諦めかけているんだろうか、俺は。

明日が受験で、右手が折れて、しかも晴臣は貴煌帝への志願を自分への敵対行為だと云う。絶体絶命、八方ふさがり、そんな言葉が頭のなかを渦巻き始めた。

そのとき晴臣が懐から札入れを出すと、いきなり紙幣の束を取り出し、それを二つに折って勇輝のジャケットのポケットにねじ込んできた。

「君は純奈の鞄を取り戻そうとして怪我を負った。だからこれはその治療費だ。少し多いが、世間知らずだった娘の社会勉強に付き合ってくれた礼も兼ねている」

勇輝はかっとなって、左手で札束を出すと晴臣に突き返した。

「こんなの受け取れません」

「いや、受け取ってもらう。金を払うということには、縁を切るという意味もあるのだ」

「なおさら受け取れません！」

「さらばだ」

晴臣は勇輝を無視して回れ右をすると、車に向かって歩き出した。

「待ってください！」

晴臣を追いかけようとした勇輝に、巨大な人影が割って入る。その男は鋭い狼のような目で勇輝を見下ろして云った。

「……諦めろ」

「こ、小四郎さん……」

「勇輝、こんなことになって残念だ。だが反面、俺はこれでよかったとも思っている。おまえたちは……このまま進んでも、いずれもっと大きな壁にぶつかって、二人とも今より傷つくことになるだろう。そうなる前に、ここで別れた方がいい」

勇輝はたちまち怒りではちきれそうになった。

「壁にぶつかる？　今より傷つく？　余計なお世話だ！　俺たちの未来を、勝手に決めないでください！」

「……おまえは今日、旦那様を怒らせた。そして実は、奥様もおまえを快く思っていない」

「それがなんだって云うんです？」

「……どうしても聞き分けないのか？」

「いやです！」

「そうか、わかった」

小四郎が勇輝に向かって一歩踏み込んだ次の瞬間、勇輝の腹で大きな音が炸裂した。小四郎の鉄拳が、勇輝の鳩尾にめり込んでいた。

目の前が真っ白になる直前、勇輝は思った。

――あのひったくり犯もこんなパンチを喰らったのか。そりゃ、気絶するわけだよ。

膝から崩れ落ちた勇輝が、一瞬意識を飛ばしているあいだに、純奈を乗せた車は駐車場から走り去ってしまっていた。勇輝が顔を上げたときには、遠ざかっていく赤いテールランプが見えただけだ。

追いかけようにも、まだ立てない。座り込んでいる勇輝の前には一万円札が散らばっていた。なんとなくそれを目で数えて、二十万円くらいはあるかなと思っていると、その紙幣に水滴が落ちた。

雨だ。とうとう降ってきた。冷たい雨があっという間に勇輝を濡れ鼠にしてしまう。ようやく痛みが引いてきた勇輝は、ふらりと立ち上がり、その場を去ろうと歩き出した。だが思い返して、雨に濡れてアスファルトに貼りつくようになっている紙幣を集め始めた。どうあれ、お金はお金だ。右手の治療のことを考えれば、あるに越したことはないと思った。鼻筋を伝うのが雨なのか涙なのかは、勇輝にもわからない。

◇

ずぶぬれで帰ってきた勇輝を見た千華は驚いて勇輝から話を聞き、右手のことを知るや否や、勇輝を連れて近所の外科医院へ駆けこんだ。

案の定、右手の甲部分の骨が一本、折れていた。

「ここは折れてもそんなに腫れないよ。まあ綺麗に折れてるから治りは早いと思うけど、骨がくっつくまでは絶対無理しないでね。受験？　ははは、無理無理。インフルエンザなら救済措置があるけど、怪我は聞いたことないね。自己管理も実力のうちだから」

外科医はそう笑って勇輝の右手をギプスで固定すると、痛み止めだけ処方してくれた。

その後、家に帰って苦労しながらシャワーを浴びた勇輝が髪を乾かして居間に顔を出すと、夕食ができていた。見たところ、スプーンやフォークで食べられるものばかりだ。

「まあ、座りなよ」

千華にそう促され、勇輝は座布団の上に座った。料理に手をつける気にはなれず、沈黙が続く。やがて千華が云った。

「ふん。ずいぶんまあ、難儀なことになったね。でもまあ、このくらいの荒波があった方が乗り越え甲斐があるってもんだろ。しっかり食べて、よく寝て、明日は早起きしなよ。受験当日なんだからさ」

「……え？」

勇輝は唖然としてしまった。千華は今、当たり前のような顔をしてなんと云ったのだ？

「受験……するんですか、俺？」

勇輝がぼんやり訊ねると、千華はたちまち目に稲妻を宿した。

「あんた、まさか諦めるのかい？」

「だって……」

「だってじゃない。右手が使えないなら左手で書けばいい。左手が駄目なら口で書けばいい。痛いのは気合いと根性でねじ伏せろ。そうだろ、勇輝？」

勇輝は絶句した。無茶苦茶だと思った。もちろん、昨日までの勇輝ならそんな威勢のいいことを云ったかもしれない。だがギプスを嵌められた右手を目の当たりにすると、厭でも現実を思い知らされる。これで首席合格など無理だ。この上は志望校を公立校に切り替えるしかないだろう。

——しばらくは病院通いか。

心中でそう呟いた勇輝は、ふと思い出すと部屋着にしているジョガーパンツのポケットから札束を出した。

「あの、これ、治療費です。余った分は家計の足しにしてください」

卓袱台の上に置かれた紙幣の束を見て、千華が不愉快そうに眉根を寄せた。

「どうしたんだい、この金は？」

むろん、晴臣が別れ際に勇輝にねじ込んできた金だ。そのときの経緯を話すと、千華は呆れたように鼻を鳴らした。

「人生の教訓？　敵対行為とみなす？　はっ、偉そうに！　いったい何様だろうね！」

「天光院グループの総師で純奈さんのお父さんですよ？　そりゃあ偉いでしょ」

そんな勇輝の口答えを許さぬというように、千華は札束を卓袱台に叩きつけた。

「とにかく、こいつを受け取るってことはね、お嬢様を諦めるってことだよ。それを、こんな金を、むざむざと受け取ってきやがって」

千華はそう云うとテレビラックに置いてあった灰皿とライターを持ってきた。そしてライターに火をつけ、灰皿の上で札束を燃やそうとしたのを見て、勇輝は慌てて札束をひったくった。

「なにやってるんですか、お金ですよ！」

すると千華はちょっと白けたような顔をしたが、ジッポライターの蓋を閉めて、それをテーブルに置いた。

「そうだね。ちゃっかり金を懐に収めたと思われても癪だし、こいつはきちんと突っ返した方がいいかもね。燃やしちまった方がすっきりするだろうけどさ。それとも勇輝、あんた、やってみるかい？　それだったら晴臣に返す二十万円、あたしが立て替えてやるよ」

そう云われて、勇輝はもちろん鼻白んだ。

「お母さんは、俺が純奈さんと交際するのに反対だったんじゃないんですか」

「ああ、反対だったさ。いや、本当を云うと今でも反対だ。だけどね、あんたがこんな風に挫折するのは見てられない。それにあんた、あたしに云ったじゃないか。どんな困難も乗り越えてみせる、って。あの言葉は口だけかい？　その場でかっこいいことを云っただけ？　でかい夢も持たず、音楽も中途半端なあんたが唯一本気になったのが、天光院純奈じゃなかったのかい？　それなのに、あのお嬢様への想いすら途中で投げ出すんなら、そんな情けない男になっちまったんなら、あたしがこの場であんたをぶっ殺してやる」

そう話す千華の目に涙が光っているのを見て、勇輝は稲妻に打たれたようになった。物心ついて以来、千華の涙を見たのは二回しかない。一度目は、あの追悼コンサートのとき、ふと気がつくと千華が涙を流していた。そして二度目が今だ。

「命かけてやってみなよ」

「……はい！」

このとき勇輝は、ふたたび自分の心に火がつくのを感じていた。

◇

雨は夜半に雪へと変わり、翌朝は雪が積もっていた。ギプスをかなぐり捨てた勇輝は、右手の腫れが大したことないのにほっとしつつ、千華に見送られて家を出た。

薄い雪化粧の施された道を、白い息を吐きながら進み、バスに乗って貴煌帝学院の近くで降りた。痛み止めのおかげか、右手は、普通にしていれば大して痛まない。だが力を入れたり、なにかものを持ったりすると鋭い痛みが生じる。まして字を書いたらどうなるのだろう。本当は試験の内容のことを考えていたいのに、思考は筆圧の反動がどうなるかなどという益体もない方向へ流れていく。

やがて右手に貴煌帝学院の高い壁が始まった。この先にある正門から中に入れば、受験会場はわかるようになっているはずだ。

そうして勇輝が顔を前に上げたとき、見覚えのある黒塗りの高級車が路肩に停車しているのが見えた。勇輝が近づいていくと、扉が開き、メイド服の少女が姿を見せた。

「千影……！」

「やはり来てしまったのですね。性格的に、そうだろうと思っていました」

「……よっぽど諦めようかと思ったけどね」

千華がはっぱをかけてくれなければ、さすがの勇輝も挫けていたかもしれない。だが昨夜、千華のおかげで、もう一度勇輝の心に火がついた。

「やっぱり男なら、倒れるときは前のめりがいいよな」

「旦那様から手切れ金を受け取ったのでは？」

「こいつのことか？」

勇輝はそう云って、懐から茶封筒を取り出すと千影に突き出した。封筒を受け取った千影がなかを検めると、札束が顔を出した。

「それはおまえから晴臣さんに返しておいてくれ」

「……承りました」

千影はそう云って封筒を懐に収め、一歩下がって頭を下げた。そしてやっと純奈が車から降りてくる。

「勇輝君……」

ちょうど朝日が勇輝の後ろから純奈に向かって差している。朝のひかりのなかで、純奈はいつにもまして美しく見えた。まるで黄金の女神だ。

──ああ、やっぱり、綺麗だな。

眩しそうに目を細めた勇輝に純奈が心配そうに訊ねてくる。

「右手はどうですか？」

「やっぱり折れてた。でも大丈夫、やれるよ」

「いけません。無理をして、骨が歪にくっついたら取り返しのつかないことになります」

「俺の体のことだ」

「駄目です！」

千影が目を丸くした。純奈がこのように声を張り上げるのは、珍しいことなのだ。

純奈自身、そんな自分に自分で驚いたらしく、胸に手をあてて深呼吸すると、勇輝のすぐ目の前に立った。

「お父様は、勇輝君に二度と私に会うなとおっしゃったそうですね。それなのにこうして試験を受けに来ること自体、危険なことですよ？」

「晴臣さんの言葉を無視したことになるから？　じゃあ君は、今日俺に会いにくるのに、お父さんの許可を貰ったのかい？」

「……いいえ、千影と小四郎に無理を云って、無断で来ました」

「俺もそうだ。純奈には二度と会うな……いくら君のお父さんだからって、こればっかりは従えない。それに俺が晴臣さんだったら、ここであっさり諦めるような男に娘はやらないと思うんだ。そうとも、骨が折れたくらいで引き下がるものか。一度やると決めたことは最後までやり遂げる」

「それで右手の具合が悪くなって、ピアノが弾けなくなったらどうするんですか？」

純奈は今にも泣き出しそうな顔をしていた。彼女にこんな顔をさせたのがこの自分かと思うと、自分の不甲斐なさが憾まれるばかりだ。

「ピアノか。今は、そんなこと考えてない。貴煌帝に受かったら俺の恋人になってほしいっていうあの返事が、まだ保留になってる。その答えを聞くまでは終われない」

「答えなら――」

なにか云おうとした純奈の唇に、勇輝はそっと指をあてて黙らせた。

「俺はちゃんと貴煌帝に受かって、それから返事を聞きたいんだ。そうでないと本当にただの我が儘みたいになってしまう。君の隣に立てる資質を示して、俺の意地を晴臣さんにぶつけてやるのさ。そして願わくは、認めてほしい」

「でも、それでお父様が本気でお怒りになったら……」

「バンジージャンプのこと、憶えてる？」

それは純奈と初めて出会った日のことだ。空を飛んでみたいと云った彼女の願いを叶えるために、その日のうちにバンジージャンプに挑んでみた。

もうずいぶん昔のことのように感じるあの日を思い出してか、純奈が云った。

「飛んで、そして落ちました……」

「めちゃくちゃ怒られて叩き落とされるのかもしれないけどさ、それでも飛ぶよ。月へ行くロケットのような気概を見せてやる。かぐや姫を諦めない」

そんな勇輝の気魄の炎が、純奈にも燃え移ったかのようだった。純奈の勇輝を見上げる眼差しが、なにか変わった。

そして彼女は、勇輝の手にしていた鞄を見て千影に云った。

「千影、勇輝君の鞄から筆記具を取り出して。ペンを」

それには勇輝も千影も目を丸くしたが、なにか考えがあるのだろうとは思った。果たして千影が出した勇輝のペンを、純奈は自分の鞄から取り出したピンク色のハンカチを使って、勇輝の右手に巻きつけ始めた。

「このハンカチ……」

「勇輝君にもらったものです。私のものですから、あとでちゃんと返してくださいね」

そうしてハンカチをきつく結んで、勇輝の右手にペンを固定した純奈は、勇輝の肩を両手で軽く叩いた。

「いってらっしゃい」

「その言葉が聞きたかった」

勇輝はとても嬉しそうに笑った。それが愛情であっても、憐れみであっても、心配して止めてほしかったのではない。応援して、背中を押してほしかったのだ。

純奈は胸のつかえのすっかり取れたような顔をして千影を見た。

「千影。騒ぎになってはいけないから、私はここで去ります。あなたは受験会場まで、勇輝君を案内してあげて」

「かしこまりました」

一礼した千影に相槌を打ち、純奈は颯爽と車に乗り込むとこの場を去った。それを見送った千影が、勇輝の鞄を持って先に立って歩き出す。

校門から学院内に入ったところで、千影がぽつりと訊ねてきた。

「どうして、ここまで頑張れるんですか？」

「愛してるから」

勇輝がそう即答すると、千影はその場で足を縫い止められたように固まってしまった。そんな反応をされると、勇輝としても顔が赤くなってくるのをどうしようもない。

「なんとか云ってくれよ。恥ずかしくなるだろ」

「だって、そんな、なんと返してよいか……」

千影の頬まで赤く染まっていく。勇輝はなんだか自分が悪いことをしている気になってきたし、周囲を行き交う学生たちの目も気にかかった。

「い、行こうぜ」

勇輝が強く云うと、千影はひとつ頷いて歩みを再開した。そして、ある建物の前で立ち止まる。

「ここです。ここから先は一人で行ってください。案内が出ているからわかりますよね」

「ああ、ありがとう」

勇輝はそう礼を云って鞄を受け取ろうとしたが、千影が鞄を渡してくれない。おや、と思ったが、千影は迷いに揺れた目をしてこちらを見ている。

「どうかしたのか？」

勇輝が心配になって訊ねると、ついに千影のなかでなにかが溢れた。

「昨日、私はあなたを裏切りました」

「ああ、晴臣さんが純奈さんを車に乗せろって云ったとき、晴臣さんの命令の方を優先したよな。純奈さんを容赦なく車のなかに引っ張り込んでさ。あのあと小四郎さんにも腹をぶん殴られたし。すごいパンチだった。あんなの喰らったのは初めてだ」

勇輝は苦笑いをして云ったが、千影は今にもなにかが張り裂けそうな、いっそ悲痛と云ってよい顔をしている。そんな顔を見たら、責める気にはならない。

「山風衆だっけ？　天光院家に仕える忍者の一族の末裔……普通じゃないのは薄々気づいていた。でもいいんだよ。俺を裏切ってもいい。その代わり、純奈さんのことは裏切らないでくれよ？　俺がしくじったら、もうおまえしかいない。頼んだぜ？」

「それは、どういう……」

勇輝はそこで、千影に向かって親指を立てた。

「俺がいなくなっても、純奈さんの冒険に付き合ってあげてくれってこと」

純奈の冒険ノートには、まだ白紙のページがたくさん残っている。あれを一緒にすべて埋めたかったけれど、もしも自分がここで倒れたら、あとは千影に任せるしかないのだ。

そして勇輝は、まだ未完了で終わっている純奈の願いを思い出していた。

――私も千影と友達になりたいです。

純奈と一緒に色々な冒険をしてきたが、あれだけはまだ叶えてやれていなかった。だが今ならできるだろうか。

「私はお嬢様のメイドであって友達じゃないなんて、もう云わないでくれ」

瞬間、千影の肩がぶるりと震えた。

「あ、あなたという人は……お嬢様のためにこんなにもひたむきで、愛して、がんばって、私のことなんか信じて、あまつさえ私にお嬢様を任せるなど……こんなの、こんなの、私の負けじゃないですかっ！」

突然の激情のほとばしりに唖然とする勇輝に、千影は鞄を投げてきた。胸と左手で鞄を受け止めたところへ、千影が勢いよく指差してくる。

「わかりました。こうなったら、旦那様に話してきます。駄目かもしれませんが、あなたのいいところとか、色々話して、許しを乞うてみます。だから、あなたもがんばって」

勇輝は驚き、千影に云いたいことがいくつか同時に喉元(のどもと)へと集まってきた。

——急にどうした？

——そうしてくれると助かる。

——晴臣さんを説得なんてできるのか？

だが一度に発せられる言葉は一つだ。勇輝は白い歯を見せて笑うと、純奈がハンカチを巻いてくれた右手を前に出した。

「ああ、こいつがあれば、俺は無敵だ。マジでもう全然痛くない」

「そういう馬鹿なところ、好きですよ」

千影はそう云うと、風になったように走り出した。

その影も見えなくなったころ、勇輝は受験会場を睨みつけた。気合いと根性、そして愛を右手に握りしめ、あとはもうやるだけだ。

「ようし、やってやるぞ！」

勇輝はそう気勢をあげると、意気揚々(いきようよう)と歩き出した。

◇

　天光院邸に戻ってきた千影は、その足で晴臣の執務室へ向かった。

　ネットワーク環境が整った現代では、オフィスでなくとも仕事ができる。要人との深夜にまで及ぶ会食や、出張で世界中を飛び回ることの多い晴臣は、少しでも家族との時間を持とうとして、平日の午前中は自宅でリモートワークをすることが多かった。

　——今日はまだ、旦那様は出社していないはず。

　果たして千影が姿を見せると、タブレットを見ていた晴臣がいぶかしそうな顔をした。

「純奈はどうした？」

「学校です。平日ですから」

「それなのにどうしておまえだけが戻った」

「旦那様、真田勇輝が受験会場に入りました」

　千影がそう云うと、晴臣は一瞬作業の手を止め、それから目元を軽くマッサージした。

「そうか……諦めなかったか」

　その口元に笑みが浮かんでいるのが、千影には意外だった。そして晴臣もまた、表情を読まれたことに気づいたらしい。目元を揉んでいた手をコーヒーカップに伸ばすと、コーヒーを一口飲んで云った。

「昔読んだ小説に、こんな一幕があった。主人公はボクサーで、相手をリングで叩きのめす。何度も、何度も……だがそのたびに相手は立ち上がってくる。傷だらけになっても闘志を失わない。そうすると、主人公は嬉しくなるんだ。タフで手強い目の前の男が、だんだん好きになってくる」

晴臣はくつくつと笑って、意外な言葉に目を瞠っている千影に笑いかけた。

「嫌いではないよ。私の脅しにも怯まず、あの怪我を押して受験に挑むとは、なかなか見上げた根性だ。無鉄砲なだけかもしれないが」

これは思ったよりたやすく説き伏せられるのではないか。千影は期待に震える呼吸を押さえ込み、手に汗を握って続けた。

「そしてお嬢様も、そんな真田勇輝を激励されました」

「そうか。会ってはいけないと云ったのに会ったのか。純奈もいよいよ年ごろだな。私の云うことを聞かなくなってきたとは、困ったものだ」

やはり烈火の如くには怒らなかった。千影は慎重に、力を入れ過ぎれば切れてしまう細い糸を手繰り寄せるように、そっと云う。

「真田勇輝が合格をもぎとったら、お嬢様とのこと、考え直してもらえませんか」

「それとこれとは、話が別だな」

優しい父親の顔が一転、冷たい権力者の顔になった。だが千影も、今さらあとには引けない。

「では旦那様は、お嬢様に将来どうなってほしいのです？」

「幸せになってほしい。ただ、それだけだ」

「でしたら――」

「だが十五歳のときに出会った初恋の相手に添わせてやることが本当に幸せなのか？　今目の前のことだけ考えたらいいかもしれんが、将来を見据えてみろ。相手は下町の自転車屋の息子だぞ。普通に生きてきた子なんだ。そんな子が、天光院家のようなところに入ろうとすればどうなるか、山風の一族に生まれたおまえなら想像がつくだろう。果たして彼は耐えられるのか？　いずれ純奈と出会ったことすら後悔するようになるのではないか。

そのとき誰より悲しむのは純奈だ」

千影は雷に打たれたように茫然となった。その様子を見て、晴臣が眉をひそめる。

「どうした？」

「いえ、ただ……奥様が、同じようなことをおっしゃっていたものですから」

「魅夜が？」

「はい。結ばれても、幸せにはなれないと」

「そうか……魅夜も私と同じことを、考えていたか」

晴臣はちょっと目を伏せ、二度三度と頷いてから云った。

「ほかには、なにか云っていなかったか？」

そう踏み込まれ、千影は自分の失態を悟って頭を下げた。

「申し訳ございません。奥様の言動について、告げ口することはできません。忍者ですから。今、私が口走ったことも、本当は云ってはいけないことでした」

「わかった。なら忘れよう。おまえを困らせるつもりはないからな」

その優しさにほっとしながらも、千影は訊ねずにはいられなかった。

「ですが旦那様と云い、奥様と云い、いったいなにをそんなに心配されているのかわかりません。なぜ未来のことをそこまで悲観的に考えるのですか。もっと希望を大きく持ってもいいじゃないですか。真田勇輝のお嬢様への想いは本物です。骨が折れても受験に来るような男ですよ？　旦那様から受け取った手切れ金も、この通り、突き返してきました」

千影は勢い、晴臣の執務机に茶封筒を叩きつけて続けた。

「将来、なにが待ち受けていようとも、あの二人なら力を合わせて乗り越えてゆけると、私は信じています」

「おまえがそう夢見ているだけだ」

「夢は！」

思わずそんな大きな声を出してしまい、千影は恥じ入るように口をつぐんだ。だが晴臣の目が先を促してくるので、一度は閉じた口を開いた。

「夢は不可能という意味ではありません。夢は、叶えるものです」

「残念だが、あの右手では、まともな試験になどならない」

「いえ、彼ならできます」

「なぜ断言できる？」

ついに苛立ちを見せた晴臣に、千影は水鏡のような心で云った。

「人が人を愛するということを信じたいのです」

すると晴臣は、朝日を浴びた吸血鬼のように顔をしかめて、しばらく項垂れた頭を片手で支えていたが、やがて顔をあげると置時計に目をやった。

「もう試験は始まっているな」

「はい。午前中に三教科、昼食を挟んで午後に二教科の予定です」

うん、と相槌を打った晴臣は、にわかに遠い目をした。思索に耽っているのだと、千影にはわかった。こうなると声をかけても届かない。

やがて晴臣はうっそりと独り言を口にした。

「どんな困難があっても屈することのない男なら、将来にわたって純奈を支えていけるのなら、今ここで資質を示せ」

◇

それから時は流れ、四月一日。

空は青く、風は優しく、頬に触れる太陽のひかりは暖かい。桜まで咲いていて、絵に描いたようなうららとした春の日の今日、貴煌帝学院の正門前に、真新しい制服に袖を通した一人の少年が立っていた。

外部生である彼にとっては入学式だ。内部進学したほとんどの生徒にとって今日は進級式だが、同じクラスになる予定の内部生が一人、学校案内についてくれるというので、彼は今、待ち合わせ場所で待っていた。

案内の生徒は、時間通りにやってきた。

「おおい、私の担当って君だよね。へいへいへーい！」

そう明るく話しかけてきたのは、いかにも活発そうな、勝ち気な感じの美少女だった。

「はじめまして、古賀由美です。同じクラスで出席番号的に前と後ろだよ。私は『こ』、君は『さ』、だよね？　えっと、さ、さ、さ……」

「真田勇輝です」

勇輝がそう名乗ると、由美はぱっと輝かせて両手を合わせた。

「そうそう、真田君。聞いたよ。君、首席で合格してきたんだってね。すごいね」

「……まあね！」

勇輝が謙遜せずに胸を張ると、由美は面白そうに目を細めた。

「おっ、いい感じに調子に乗ってるな。でも入学してから成績落とさないようにね。授業のペース、速いよー？」

由美にそう脅かされても、勇輝はにこにこ笑っていた。今日くらいは浮かれていたかったのだ。それから勇輝は由美に連れられて学院内を一回りしてきた。ふたたび校庭に戻ってきたときには、生徒たちが登校してきている。勇輝は外部生だったからちょっと早く登校して担当の由美に色々と案内してもらったというわけだ。

由美は腕時計を一瞥して云った。

「じゃあ講堂に移動しよっか。入学式兼、進級式が始まるよ」

「はい」

「ああ、それと一つだけ注意事項があってさ、天光院グループって知ってる？」

「もちろん。超有名ですからね」

勇輝はひとまずそう答えるにとどめておいた。一年前、晴臣につけられた諸々の条件は貴煌帝に合格するまでの話だから、自分と純奈の関係を話してしまっても咎められる筋合いはないが、今はまだ控えていようと思ったのだ。

「それがどうかしたんですか？」

勇輝がそうとぼけて訊ねると、由美はにわかに真剣な顔つきになった。

「あのね、なんとね、うちのクラスね、その天光院家の御令嬢の純奈様って人がいるの。うちの学校のお姫様みたいな人だから、絶対失礼のないようにね」

勇輝は微笑んで頷き、今度は逆に訊ねた。

「古賀さんは、天光院さんのお友達ですか？」

だとしたら自分たちもきっといい友達になれるだろうと思って訊ねたのだが、由美は首が取れるんじゃないかと思うほど勢いよくかぶりを振った。

「違う違う、全然違う！　あの御方はたまたまクラスが一緒ってだけで、なんていうか私たち下々の者とは違うから」

「下々の者って……この学校、良家の子女が多いって聞きましたけど？」

「うん。政治家の息子とか、社長の娘とか、医者の子供とかがゴロゴロしてる」

――それが下々の者だったら、俺はどうなるんだ？

自分が貧しい下町の自転車屋の息子だと発覚したときの周りの反応が今から怖い。そう恐々としている勇輝の心情など知る由もなく、由美は云う。

「でも天光院家はそういうのとは次元が違うんだよ。その後継者の純奈様は、とにかく綺麗だし勉強も運動も一番だし、常にメイドさんがいるし、誰も話しかけないし、てか私も話しかけられないし。あれは別の世界の人だよ。迂闊に話しかけてお怒りを買ったらこの世から消されると思うよ？　だから絶対、友達なんて思っちゃ駄目。わかった？」

そのあまりの隔絶した様子に、勇輝は心底ショックを受けていた。

「……え。それが、この学校の当たり前なの？」

「もちろん。みんなそうだから」

由美が極めて真面目に、そして勇輝のことを気遣い、良かれと思って云っているのが伝わってきて、勇輝はいよいよ顔色をなくした。浮かれ気分も吹き飛んだ。

——彼女は、こういう環境で学生をやってたのか。

よくしてくれる御学友はいるけれど、一緒に遊んでくれる友達はいない。そう聞いてはいたけれど、実際の彼女の学生生活の片鱗に触れて、実に暗澹たる思いだ。

「……普通の女の子なんだけどな」

勇輝がうっそり呟いたけれど、由美は不思議そうに首をひねっただけだった。

そのときだ。

「あっ、噂をすればだ」

由美が遠い彼方を見る鳥のように頭を起こした。勇輝たちは校門から校舎まで続く並木道の途中に立っていたのだが、そこを歩く生徒たちが自然と左右に分かれていく。そして聖なる川が流れてくるように、数人の生徒たちの群れが歩いてきた。先頭を往くのが千影で、その次を歩いているのが純奈だ。さらには見目麗しい男女たちが純奈を取り囲んで歩いている。そして左右に分かれた生徒たちは、一行が通り過ぎるのを頭を下げて見送っているのだ。

まるで中世の貴族の一行と庶民のような構図だった。

「あれは……」

「あれが純奈様だよ。お美しいでしょう。先頭を歩いてるのはメイドの山吹さん。あとは取り巻きの親衛隊……みんないいところの子供で、純奈様の完璧な御学友なの。あの人たち以外は純奈様に話しかけちゃいけないんだよ」

「誰が決めたの、そんなこと？」

「暗黙のルールってやつ」

勇輝はまたしても衝撃を受けた。今度の衝撃は、胸にずきんとした痛みを伴っている。

——純奈さんの学生生活がこんな風になってたなんて、全然知らなかった。

　そしてあの親衛隊なる取り巻き連中の顔を、勇輝は初めて見た。彼らが純奈と公私ともに親しければ、勇輝もとっくに紹介されていたはずなのに、まったく知らない。つまり彼らは、御学友ではあっても純奈と一緒に遊んでくれる友達ではないのだ。それが勇輝には悔しく、また悲しい。学校で純奈と話をする距離にいるのなら、勇輝なんかよりよっぽど親しい友人になっていてもおかしくはないのに、彼らは違うのだ。

「ほら、道空けて。頭下げて。通りすぎるまで絶対顔上げちゃだめだからね」

　そう云いながら勇輝の袖を引く由美の手を、勇輝は少し強めに振りほどいた。

「古賀さん、あのね、俺は以前、純奈さんに告白している。貴煌帝に合格したら、返事をもらうことになってるんだ」

「真田君？」

「ふえ？」

　由美は今の言葉が頭に入ってこないようだったが、勇輝は構わずに続けた。

「あまり目立たない方がいいと思ってたけど、この光景を見て考えを変えたよ。こういう扱いを彼女は望んでない。友達をほしがっていた。だから、今からちょっと行ってくる」

　勇輝はそう云うと、混乱している由美をその場に残して行列の先頭に向かって歩き出した。千影がすぐに、勇輝に気づいた。

取り巻きの男子の一人が、怪訝そうな顔をしながらも勇輝に向かって駆け出そうとした。それを「知り合いです」と云って片手を上げて制した千影が、勇輝の前で足を止めると、列も止まった。勇輝と純奈の視線が素早く結びついたけれど、声をあげたのは千影だった。

「来ましたね。とりあえずそこをどいていただけませんか？　通りたいんですけど」

「その前に返事を聞きたい」

勇輝がそう切り込むと、千影が弾かれたように目を見開いた。

「ちょっ……！　あなた正気ですか？　今の状況がわかってるんですか。みんな見てますよ？　そんなの、あとでいいでしょう」

「俺は気にしない」

「こっちが気にするんです。デリカシーというものがないんですか！」

「この雰囲気を見て、そんなものは捨てた」

勇輝は輝く瞳で辺りを睥睨した。みんながこちらの様子を窺っている。

「純奈さんがこんなに注目されてるなら、裏でこそこそやって、あとから変な噂を立てられても面倒だ。正々堂々、みんなが見てる前で白黒はっきりつけてやる！　俺は天光院純奈さんが好きだ！」

「ぴゃあっ！」

千影がそんな変な声をあげて、弾き飛ばされたように一歩よろめいた。そんな千影の肩をそっと押しのけて、純奈が前に進み出てくる。

勇輝は純奈にというより、目を白黒させている周りの学生たちに聞かせてやろうと思って朗々と語った。

「一年前、君に告白したら返事は保留にされた。同じ学校に通えるようになったらちゃんと返事をくれるって約束だ。今ここで、聞かせてくれ」

周りがしーんと静まり返るなか、純奈は感情の読めぬ目をしていたが、やがて、

「……もう」

花が咲くような笑みとともに勇輝を許し、それから思い出を数え始めた。

「初めて会ったとき、バンジージャンプで、私はとても不安だったのですが、勇輝君はまったく躊躇なく飛びましたよね。本当は全然怖がってなかったでしょう」

「うん、まあ、ね……」

「骨折しても受験を強行するし、今日だってみんなが見ている前で告白してきました。あなたのそういうところに、私はいつもドキドキさせられて……そんなあなたが、私は大好きです」

そして純奈がそっと勇輝の胸に身を寄せてきた。勇輝はその体をそっと抱きしめて、し

ばし幸せにひたっていたが、やがて純奈が云った。

「不束者ですが、どうぞよろしく」

「こちらこそ」

「それで右手は大丈夫ですか？」

「うん。もう完璧に治った」

勇輝は純奈から身を離すと、右手を力強く握ってみせた。幸い、骨が歪んでくっつくこともなく、ピアノも演奏できている。

「あ、そうだ」

勇輝は一番大切なことを思い出し、制服の懐から一枚のハンカチを取り出した。

「これを返すよ。受験を乗り切れたのはこれのおかげだ。ありがとう」

「いいえ、勇輝君ががんばったからですよ」

純奈はハンカチを両手で受け取り、自分の胸に抱きしめるようにした。そんな純奈に見とれていると、傍らから恐る恐るの声がする。

「あのー……」

古賀由美だった。まだみんなが麻痺したようになっているなか、いち早く立ち直った由美が声をかけてきた。

純奈はぱっと顔を輝かせて一礼した。

「あら、古賀さん。ごきげんよう」

「えっ！　私の名前、憶えててくださったんですか？」

「もちろんですよ。中等部一年のとき、同じクラスだったじゃないですか。また一緒のクラスになりましたね。一年間、よろしくお願いします」

「えっ、えっ、えーっ！」

大きな声をあげて驚く由美に、勇輝は苦笑して云う。

「だから、普通の女の子だよ」

すると由美がぎこちない動きで勇輝を見てくる。

「でも、これは、どういうことなの？　いったい、なにがどうなって――」

今のを見てもわからないのか。これは宣言しないと駄目なのかもしれない。勇輝は純奈と顔を見合わせ、頷き合うと云った。

「彼氏彼女になりました」

「なりました」

そうして勇輝と純奈が手に手をとって恋人繋ぎをするのを見て、生徒たちの驚きで校庭が揺れた。

エピローグ

純奈と正式にお付き合いすることになった以上、やらねばならぬことが一つある。彼女の両親への挨拶だ。

交際相手の親に挨拶するときは結婚するときだという、いつ植え付けられたのかもわからない固定観念のある勇輝だったけれど、今日の朝、家を出るときに千華に云われた。

――お嬢様と付き合ったら絶対挨拶に行きな。あんたは先方の警告を完全にぶっちぎっちまったからね。その日のうちに行っとかないと、あとあとまずいことになるよ？

そう云って千華は、勇輝の鞄に手土産だという紙袋を詰め込んでくれた。

――いつだったか、お嬢様にあの子の両親の好みを訊ねておいてよかっただろ？

そういうわけで、その日の午後、勇輝は純奈と一緒の車に乗って彼女の家へ向かっていた。車を運転するのは小四郎で、客席には勇輝の隣に純奈、正面に千影がいる。

「旦那様も奥様もお忙しい方ですが、今日はお嬢様の高等部進級のお祝いということで、どちらも御在宅です。運が良かったですね、真田勇輝」

「ああ、こうなった以上、挨拶なしは本当にまずいからな。ところで千影って、受験のときに晴臣さんに掛け合ってくれたんだろ？　どんな感じだった？」

「さあ、どうでしょう。物凄くお怒りというわけではありませんでしたが……」

「きっと大丈夫ですよ。お父様もお母様も、誠意を尽くしてお願いすればわかってくださいます」

「だと、いいけど」

道中、勇輝は落ち着かなかった。

……。

純奈の自宅、すなわち天光院家の本邸は、山の手にある巨大な洋風の屋敷だった。

既に連絡を受けていたのだろう、玄関の前で晴臣が待っていた。勇輝は晴臣の自分を見る凄まじい目にちょっと怯んだが、怖気づいてはいられない。勇を鼓して、晴臣の前に立つと云った。

「こんにちは。純奈さんと正式にお付き合いすることになったので、挨拶に来ました」

「純奈には二度と会うなと、云ったはずだがな」

その辛辣な返しに、勇輝は鼻白んだ。覚悟はしていたが、歓迎されていないとわかるとつらい。だが。

「お父様」

純奈が悲しそうに声をかけると、晴臣はたちまちばつの悪そうな顔をした。

「そんな顔をしないでくれ」

晴臣はそう白旗を揚げると、自ら玄関の扉を開いて云った。

「純奈、私は勇輝君と二人だけで話がしたい。おまえは先に千影と奥へ行っていなさい。魅夜が待っているからね」

純奈はすぐには頷かなかった。勇輝に目線を送ってくるのだが、男同士の話というのなら是非はない。勇輝が頷き、また晴臣も重ねて云った。

「そんな顔をしなくても大丈夫だ」

「はい、わかりました。お母様とお待ちしております。それじゃあ、勇輝君」

「うん、またあとで」

勇輝は手を振り、純奈と千影が玄関の扉のなかへと消えていくのを見送った。それに続こうとした小四郎には、晴臣が声をかけた。

「おまえは一緒に来てくれ」

「はい」

二人だけで話がしたいのではなかったのか、と勇輝はちょっとどきりとしたが、いちいち口を挟んだりはしなかった。

それから勇輝は晴臣の案内で、よく手入れされた英国風の庭へとやってきた。噴水の前に立ち、日本にもこんな庭園があるのかと感心していたところへ、晴臣が口を切った。

「合格おめでとう。あの怪我で大したものだ。よく頑張った。そのガッツは気に入った」

「ありがとうございます」

「だが純奈には二度と会うな、貴煌帝学院に行こうとするなら敵対行為とみなすと云ったのを、君は忘れたはずはないね？」

刃物を突き付けられるような感覚があり、勇輝は戦慄したが、沈黙はしなかった。

「好きな人と会うなと云われても、はいそうですかと黙っては引き下がれないです」

「そうか。もっともだ」

晴臣は相槌を打ち、少し離れていたところに立っていた小四郎を手振りで呼んだ。近づいてきた小四郎に云う。

「小四郎。私が合図を出したら、構わないから叩きのめせ。両足の骨を砕いて、二度と純奈の前に立てないようにしろ」

「はい」

小四郎の返事を聞いて、勇輝の心臓が一つ大きくはねた。あの最悪の日に、小四郎の鉄拳を受けたときのことを今もはっきり憶えている。額にたちまち汗の珠が結ばれた。

「いいかい、勇輝君。ここからは、よく考えて答えてくれ。君は純奈の心を得ているのをいいことに、これからも私の云うことを無視し、逆らい続けるつもりなのか？」

鋭い刃のような問いかけに、勇輝は朝日の一閃のように返した。

「一年間、晴臣さんとの約束を守って、節度をもって純奈さんと友人として付き合ってきました。これからも、純奈さんとお付き合いを続ける上でこうしてくれということがあれば従います。そのうえでなにかミスがあったら、取り返す機会をください。問答無用で純奈さんと別れろと云われたら、そのときは戦いますよ。男ですから」

「よく云った。たいした度胸だ。嫌いじゃないよ？」

そう気さくな笑顔を見せたかと思うと、次の瞬間、晴臣は声を張り上げた。

「小四郎！」

勇輝はたちまち恐懼した。駄目だったのか。怒らせてしまったか。両足の骨を砕くというのが、先日右手を骨折したばかりの勇輝には、やけに生々しく感じる。

果たして。

「時間を取らせたな。ありがとう、下がりなさい」

その言葉を聞いて、まず張り詰めていた糸が切れた。小四郎が一礼し、回れ右して去っていくのを見て、座り込みそうになった。

——た、助かった。

いつの間にかひどく汗を掻いていた。勇輝は手で額の汗を拭い、噴水のせせらぎを聞きながら、晴臣に視線をあてた。

晴臣は庭の一隅にあった白い瀟洒なベンチのところまで行くとそこに座り、隣を示した。

「まあ、座りたまえ」

ようやく緊張状態を脱した勇輝は、云われた通り、晴臣の左隣に腰を下ろした。そしてしばらく黙って、庭を見ていた。鳥は降りて来るし、蝶が花から花へと渡っている。実に素晴らしい庭だ。こんな庭を眺めながら紅茶でも嗜んだら、それは気分がいいだろう。

そんな夢想に浸っていると、晴臣が云った。

「ちょっとでも目を逸らしたら、潰してやろうと思ったが、逸らさなかったな」

「……本当にやったら、犯罪ですよね？」

「知らないのかい？　天光院家がその気になったら、そのくらい簡単にもみ消すことができるんだよ。学生一人、行方不明にするなどたやすいことだ」

たちまち絶句した勇輝に、晴臣が云った。

「冗談だよ」

　ですよね、と勇輝は朗らかに応えようとしたのだが、口元が引きつって声にならなかった。というのも、晴臣が真剣そのものといった顔をしていたからだ。

「……貴煌帝学院の生徒たちが、純奈に対してどう接しているかを見たかい？」

「見ました」

「どう思った？」

「率直に云って、おかしいと思いました。彼らの反応もそうですが、それを放置している大人や学校も理解できません」

「そうか。だがそれは君が天光院家のことをなにも知らないからだ。良家の子女である彼らは、みんな自分の親から教育されているんだよ。天光院家は怖いところだから気をつけろ、とな。実際、先代の時代までは本当に怖かった。人が死ぬこともあった。だがそういうことはなくしていこうと、純奈が生まれたときに、妻と二人で誓い合ったのだ。天光院家を変えて、綺麗な家に改革してから純奈に引き継がせるとね。そして私たちの代になり、純奈は天光院家の暗部を知らずに育った。純奈には、そういうことが耳に入らないよう、細心の注意を払っていたのだ。そのせいか、ちょっと世間知らずになってしまったがね」

　――ちょっと？

　勇輝はそう思ったが、口には出さずに別のことを訊ねた。

「それで改革は上手くいったんですか?」

「上手くいっていたら純奈を取り巻く環境は、今とは違ったものになっていたさ……まだ道半ばだ。だが昔に比べればずっとよくなっている。山風衆も、かつては天光院家当主の爪牙となって謀略の限りを尽くしたが、今ではそんなことはないはずだ」

晴臣はそう云うと、話題を変えて続けた。

「ところで、自転車屋の息子が大金持ちのお嬢様と結婚した話を憶えているかい?」

「ああ、たしか、初めて会った日ですよね」

純奈と出会い、遊園地でバンジージャンプをしたあと、ストリートピアノで連弾していたら千影に見つかって、迎えの車の前で別れることになった。そこで勇輝が純奈に告白したら、晴臣が車から降りてきたのだ。

勇輝が自転車屋の息子だと知った晴臣は、こんな話をした。

――その男はな、惚れた女と結婚するため、油にまみれながら苦労して育ててくれた実の父を捨て、とある名家と養子縁組したのだ。そうでなければ周囲を納得させられなかった。父親が病に倒れたときも金だけ送って死に目に会わなかったというのだから、とんだ親不孝者だ。

あのときの一言一句が、はっきりと勇輝の頭のなかに蘇った。

「思い出しました。お嬢様と結婚するために、男手一つで育ててくれた父親と縁を切っちゃったっていう――」

「あれは私のことなんだよ」

その一瞬で、勇輝は目の前が真っ白になった。なにを云われたのか理解はできたが、衝撃が強すぎてなにも反応ができない。

そんな勇輝に、晴臣は寂しそうに笑いかけた。

「純奈には云わないでくれ。あの子はなにも知らない。私のことを名門の息子だと思っていて、私の義父と義母を血のつながった父方の祖父母だと信じているのだから」

それきりたっぷり十秒ほど沈黙してから、勇輝はやっと声を起こした。

「婿養子だったんですか？」

「そうだよ。それ自体は調べればすぐにわかることだが、婿入り前に養子縁組していたというのは、一部の者しか知らない。純奈や千影ですら知らないことだ。だが君には話しておこうと思った。理由は、わかるだろう？」

「俺が、同じだから……？」

晴臣は頷くでも首を横に振るでもなく、ただ遠い目をして語り出した。

「魅夜と結婚するために名家の養子になる必要がある、過去は捨てろと云われたからもう会えない――そう云ったら、親父は喜んで俺を追い出したよ。幸せになってこい、もう二度と顔を見せるんじゃねえぞ、とな。強い親父だった。そんな親父が、病気になると、やっぱり俺に会いたいと云ってきた。俺は会わなかった。婚約中のことでな、もし親父に会ったことが先代にばれたら、魅夜との結婚が破談になるかもしれない。そう思うと、動けなかった。結婚式の前の晩、親父が死んだと連絡が入った。次の日、予定通りに結婚式を挙げたよ。もう他人だったからな。関係なかった」

今このときだけ、晴臣は天光院家の名前から抜け出しているのが、勇輝にはわかった。普通の人なら泣いているだろう顔をしていたが、涙を流してはいない。この二十年で涸れ果ててしまったのだろうか。

そして突然、理解した。

――この人は俺だ。一世代前の俺なんだ。

自分と同じ道を、二十年前に走った人がいたのだ。

これが自分だったら、どうするだろう。純奈と結婚するために名家の養子になれ。千華と縁を切って二度と会ってはいけない。

そんな条件を突きつけられたら、呑むだろうか？

「多くのものを失ってきた。悪いこともしたよ。魅夜を……妻を守るために、手を汚しもした。純奈が知ったら、愕然とされるようなこともやってきた。親父、恩人、無二の友……みんな俺の前からいなくなってしまった」

「……後悔しているんですか？」

勇輝の問いは、晴臣の心の闇に明かりを灯すような問いだった。晴臣ははっと我に返った顔をすると、勇輝を見て力強く笑った。

「いや、純奈に出会えた。後悔などしていない」

「それを聞いて安心しました。本当に、ほっとしましたよ」

勇輝自身、前途に明るいひかりが差してきたように感じた。

「この先になにが待ち構えていても、俺が純奈さんを守ります。逆に助けてもらうこともあるでしょうけど、二人ならなんでもできるって、そう思えるんですよ」

「……若いなあ」

眩しそうに云った晴臣はすっくりと立ち上がり、勇輝を見下ろしてきた。

「君を純奈の交際相手として認めよう」

そして晴臣は、喜びに胸を撃ち貫かれている勇輝に右手を差し伸べてきた。

「行こうか。魅夜に紹介しよう。魅夜はまだ君に納得していないが、今日のところは私が説得するから心配するな。だがこの先は君次第だぞ、息子よ」

「はい。……って、えっ？」

晴臣の手を取りかけていた勇輝は、そこで感情が盛大につまずくのを感じていた。

今、彼はなんと云ったのだ？

「息子？」

「純奈と交際するなら、そうではないか。まさか気分で付き合って別れて終わるつもりだったのか。そんなことは許さないぞ」

そこで晴臣がふたたび厳しい父親の顔になった。

「云っておくが、入学とは終わりではなく始まりだ。そう、まだなにも終わっていない。君は試され続ける。交際を許したとはいえ婚前交渉的なものは当然禁止だ。成績は常に上位を維持し、然るべき大学へ行ってもらう。貴煌帝学院の生徒として、純奈の交際相手として、どう振る舞うか……これまで通り、千影を通して、君の素行をきっちり見張るぞ。純奈と一緒にいたいなら、どんな困難にあっても資質を示し続けろ」

巨大な波が、ふたたび勇輝にぶつかってくる。この波にさらわれるようでは、見限られてしまうだろう。

「わかりました、がんばります」

勇輝はそう返事をすると、今度は自分から右手を差し出した。晴臣が笑って、勇輝の手を取り、引っ張り起こす。

まさにそのとき、遠くから純奈の声がした。

「勇輝君、お父様！」

勇輝と晴臣は揃って声のした方を見た。純奈が千影を伴ってこちらに向かってくる。彼女は驚きに目を瞠りながら云った。

「遅いので、様子を見に来ました」

「なぜ握手を……？」

千影がそう首を傾げるので、勇輝と晴臣はどちらからともなく手を離した。そこへ純奈が嬉しそうに小さく跳びはねて勇輝に身を寄せてくる。

「勇輝君、お父様と、仲良くなってくれたんですか？」

「息子って呼ばれた」

勇輝がそう云うと、純奈は天にも昇らんばかりに顔を輝かせて、なぜか千影に抱きついた。それを眩しそうに見た晴臣が勇輝に云う。

「見たか。あれは私が喜ばせたのだ」

「いや、俺が……」

「うん？」

「いえ、なんでもないです。お父さん」

そう返してから、勇輝は不思議そうに自分の唇に手をあてた。千華に女手一つで育てられた勇輝である。父親の顔は知らずに育った。

――お父さんなんて、初めて云ったな。

不思議な感覚に胸を打たれている勇輝に、純奈がさらに迫ってきた。

「勇輝君、ほかにはどんな話を？」

「えっと……結婚を前提とした交際をしろ、入学は始まりであって終わりではない、引き続き千影を通して俺たちのことをちゃんと見ていく、って」

そこで言葉を切った勇輝は、千影に顔を向けた。

「というわけで、これからも引き続きよろしく」

「承りました。浮かれて道を踏み外さぬよう、しっかり監督させていただきます」

そうしかつめらしく云った千影に、純奈が手を差し出した。

「千影」

「はい」

千影は小さな鞄を持っており、そこから以心伝心でペンとノートを取り出すと純奈に渡した。いい感じにくたびれてきたそのノートは、一年前に勇輝が純奈に贈った冒険ノートだ。分厚いノートを買ってしまったので、白紙のページはまだ多い。

――高校三年分くらいは、このノート一冊でなんとかなりそうだよな。

勇輝はそんなことを考えながら、また純奈と一緒にこのノートのページを埋める冒険ができる嬉しさを感じていた。そして純奈が、流麗な筆遣いでノートになにかを書き、それを勇輝に見せてきた。勇輝だけでなく、千影と晴臣も一緒になってノートを覗き込んだ。

「次はこういうことがやってみたいです」

箱入りお嬢様は箱から飛び出して少年と出会った。

二人の恋の冒険譚は、明日へと続いていく。

（了）

あとがき

というわけで、『箱入りお嬢様と庶民な俺のやりたい100のこと』でした。いかがでしたでしょうか？　こんにちは、作者の太陽ひかるです。

多くの方のお力添えもあって、こうしてまた新しい本を出すことができました。

素敵なイラストを描いてくださった雪丸ぬん先生、本当にありがとうございました。純奈や千影がめちゃめちゃ可愛くて、いただいたイラストを見たときには思わずパソコンの前で拍手したり、興奮のあまり部屋のなかでシャドーボクシングをしたりしていました。

もし次巻がありましたら、またよろしくお願いします。

担当編集者様。いつも私に辛抱強く付き合ってくださって本当に感謝しています。これからも精一杯書いていくので、引き続きよろしくお願いします。

新作が出ることを知っていち早くお祝いのコメントをくださった江ノ島アビス先生、ありがとうございます！　授賞式でお会いしたのが、もう四年前になりますか。お互い元気で、またお会いできたらいいですね。

そしてＨＪ文庫編集部の皆様、校正様、なによりこの本を手に取ってくださった読者の皆様、私がいくら小説を書いたところで、それが本となって世の中に出ていけるのは皆様のおかげです。誠にありがとうございます。面白い物語で恩返しできればと思っているのですが、どうでしょうか？　少しでも楽しんでいただけたなら幸いです。

最後に一つ宣伝です。

なんと私のデビュー作『エロティカル・ウィザードと12人の花嫁』が漫画になります！秋田書店様の『どこでもヤングチャンピオン』連載、『ヤンチャンＷｅｂ』先行配信、担当してくださる漫画家様は白津川心太先生です！　とにかく凄いことになっているので、是非とも漫画になった隼平やソニアをその目で確かめてみてください。

またこれに伴い、エロウィズの続きを『ノベルアップ＋』に掲載してもらうこととなりました。文庫本換算で二冊分くらいです。よかったらこちらも読んでみてください。

奇跡的にも箱入りお嬢様と漫画版エロウィズが同じタイミングになりまして、私としては「ワッショイ！　ワッショイ！」って感じで今とても楽しく幸せです。

それではまた次の本でお会いできることを祈って。

令和五年三月吉日　太陽ひかる　拝

箱入りお嬢様と庶民な俺のやりたい100のこと
その1.恋人になりたい

2023年5月1日　初版発行

著者——太陽ひかる

発行者—松下大介
発行所—株式会社ホビージャパン

〒151-0053
東京都渋谷区代々木2-15-8
電話　03(5304)7604（編集）
　　　03(5304)9112（営業）

印刷所——大日本印刷株式会社

装丁——coil／株式会社エストール

Printed in Japan

ISBN978-4-7986-3170-7　C0193

ファンレター、作品のご感想
お待ちしております

〒151-0053　東京都渋谷区代々木2-15-8
(株)ホビージャパン HJ文庫編集部 気付
太陽ひかる 先生／雪丸ぬん 先生